Tödliche Komposition
Ein Stuttgarter Krimi

Anne-Barb Hertkorn

Tödliche Komposition
Ein Stuttgarter Krimi

Buchfeld Verlag

Originalausgabe

1. Auflage
Copyright © 2020 by
Anne-Barb Hertkorn, München
Buchfeld Verlag, Au/Hallertau
Umschlagsgestaltung: Hubert Stadtmüller, München
Satz: Sebastian Offergeld, München
Druck: Frick Kreativbüro & Onlinedruckerei e.K., Krumbach
Printed in Germany
ISBN 978-3-9813380-6-5
www.buchfeld-verlag.de

Für A. und H.

Für Angela

Präludium
(kurzes Vortragsstück)

Er blätterte in dem schmalen Bändchen, dass er zufällig in einem Stuttgarter Antiquariat gefunden hatte. Wieder spürte er die Unruhe und fiebrige Erregung wie vor ein paar Monaten, als er beim Stöbern in der Philosophischen Bibliothek der Universität Tübingen das nur bruchstückhaft überlieferte Werk des antiken Philosophen Archytas von Tarent entdeckt hatte. Viele Stunden hatte er daraufhin im Lesesaal verbracht und über den mathematischen Formeln gebrütet. Das Traktat erschien ihm wie eine Offenbarung. Fast zärtlich strich er mit den Fingerspitzen über die aufgeschlagene Seite.

Im Antiquariat war er, wie von einer geheimnisvollen Hand geführt, zielstrebig zu einem kleinen Bücherschrank gegangen, der, wie ihm der Antiquar mehrfach versicherte, die schönsten und kostbarsten Raritäten enthielt. Der Titel war ihm sofort ins Auge gesprungen: Archytas von Tarent - Philosophische und Mathematische Bruchstücke. Das Büchlein enthielt die Fragmente seines Werkes mit einem ausführlichen Kommentar und einer Zusammenstellung aller übrigen Quellenzeugnisse. Nie zuvor hatte er von dem antiken Philosophen gehört, der wahrscheinlich zwischen 435 und 350 vor Christus in der griechischen Kolonie Tarent in Apulien gelebt hatte. Der Nachwelt bekannt war der Gelehrte vor allem durch seine freundschaftliche Beziehung zu Platon und seine philosophischen Überlegungen zu Mathematik und Musik. Seine mathematische Theorie der harmonischen Intervalle trug wesentlich zur musikalischen Harmonielehre bei.

Bereits bei der ersten Lektüre in der Bibliothek hatte ihn vor allem ein philosophisches Bruchstück sofort elektrisiert: Die Anwendung der Proportionenlehre in der Musiktheorie. Besessen von dem Wunsch, mehr über diese Theorie zu erfahren, las er daraufhin alles, was von den alten Griechen überliefert war. Pythagoras von Samos, der in der zweiten Hälfte des 6. Jahrhunderts vor Christus lebte, öffnete ihm schließlich die Augen. Er war nach antiker Auffassung der Begründer der mathematischen Analyse der Musik. Sein Ansatz im „Harmonik-Fragment" traf in mitten ins Herz: Geometrie und Arithmetik sind ebenso wie Sphärik und Musik Gegenstand der Mathematik und gehören zusammen. Hier fand er zum ersten Mal einen philosophischen Hinweis auf die Verbindung zwischen Mathematik und Musik: Die Darstellung der harmonischen Intervalle der Musik durch einfache Zahlenverhältnisse.

Er legte das Buch beiseite und begann unruhig im Zimmer auf und ab zu gehen. Seine Gedanken kehrten wieder zu seinem Freund Moritz und den Ereignissen der letzten Wochen zurück. Moritz, der ein ausgezeichneter Organist war, teilte mit ihm die Leidenschaft für Johann Sebastian Bach. Ihr besonderes Interesse galt dabei der „Kunst der Fuge". Stundenlang konnten sie das Verhältnis von Mathematik und Musik in dem unvollendeten Spätwerk von Bach diskutieren. Als Informatiker interessierten ihn vor allem die daraus sich ergebenden Möglichkeiten im Hinblick auf die Programmierung eines Machine-Learning Modells, das heißt einer Künstlichen Intelligenz, für den Bereich der musikalischen Komposition.

Und dann geschah eines Tages das Unfassbare.

Moritz besuchte ihn überraschend in seiner Studentenbude und zeigte ihm voller Stolz, was er kurz zuvor in einem kleinen Kirchenarchiv gefunden hatte: handschriftliche Notenblätter, die möglicherweise aus der Feder von Johann Sebastian Bach stammten.

Eine Sensation! Bei dem Fund handelte es sich um mehrere Blätter, die wahrscheinlich aus einem kompositorischen Entwurf stammten, der aber nicht vollendet war. Bruchstücke von einem Werk also, dessen Rest verschollen war. Moritz hatte die Vermutung, dass die Blätter zu dem Entwurf einer musikalischen Passion gehören könnten. Sie wussten aus der Literatur zu Johann Sebastian Bach, dass es eine Passion gab, die sog. Weimarer Passion, die als verschollen galt. Wenn er seinen Freund richtig verstanden hatte, existierte nur ein zeitgenössisches Dokument, in welchem verbürgt war, dass diese Passion von Bach stammte und auch tatsächlich aufgeführt worden war. Aber sicher war das alles nicht. Deshalb wollte Moritz unbedingt einen Experten hinzuziehen. Und da hatte er seinem Freund Hartmut Fellner, den er von dem Forschungsprojekt „Bach digital" kannte, empfohlen. Das Ergebnis der Untersuchung stand noch aus.

Ihm war sofort klar, das war die Herausforderung, auf die er so lange gewartet hatte. Unabhängig davon, um welches verschollene Werk von Bach es sich auch bei den losen Blättern handeln sollte, er würde mit Hilfe seines Machine-Learning-Modells aus den entdeckten Teilen das Gesamtwerk rekonstruieren.

Voller Enthusiasmus hatte er seinem Freund von der Idee berichtet. Doch Moritz war strikt dagegen.

„Das kommt auf gar keinen Fall in Frage" war seine harsche Antwort gewesen.

Herausfordernd schüttelte er den Kopf.

Es war ihm unbegreiflich, warum sich sein Freund so gegen diese neue technische Entwicklung sträubte. Schließlich gab es bereits Künstliche Intelligenz, die darauf spezialisiert war, Musik zu komponieren, und zwar vor allem Werke im Geist der großen historischen Komponisten. Und es gab auch, darauf hatte er Moritz mehrfach hingewiesen, bereits Systeme, die zu Ende bringen können, was ein Komponist unvollendet hinterlassen hatte.

Erst kürzlich hatte er über ein Projekt gelesen, in welchem Künstliche Intelligenz ein Werk von Antonìn Dvorák vollendet hatte. Auch die fertiggestellte zehnte Symphonie von Gustav Mahler wurde von einem intelligenten Algorithmus vollendet und zur Aufführung gebracht, ebenso wie Franz Schuberts 8. Symphonie, die in London uraufgeführt worden war. Also, worin lag das Problem. Das war die Zukunft der technischen Möglichkeiten, denen sich auch Moritz nicht verschließen konnte. Und sein Notenfund bot die Gelegenheit dazu.

Sie hatten einen heftigen Streit darüber, den ersten während ihrer Freundschaft. Aber sein Entschluss stand fest. Er hatte seinen Freund noch einmal um eine Unterredung gebeten, eine letzte!

Er war spät dran. Rasch zog er seine Jacke an und steckte Handy und Geldbeutel in die Tasche. Er schloss die Wohnungstür hinter sich zu und eilte zur Haltestelle.

Plötzlich nistete sich ein fürchterlicher Gedanke in seinem Kopf ein, Schweiß trat ihm auf die Stirn und ein Frösteln lief über seinen Körper.

Hartmut Fellners Nervosität stieg von Minute zu Minute. Seine Glatze glänzte und sein Designerhemd, in das er seinen Körper gezwängt hatte, wies deutlich Schweißflecken auf. Leicht angewidert hob er einen Arm und rümpfte die Nase. Dabei hatte er noch einen wichtigen Termin und ausgerechnet heute kein frisches Hemd zum Wechseln in seinem Büro.

Er zog sein Smartphone aus der Hosentasche und starrte auf das Display. Immer noch keine Nachricht aus Stuttgart.

„Verfluchter Mist" zischte er. „Hat der Bengel es sich nun doch anders überlegt, nachdem ihm klar geworden ist, um was für einen Schatz es sich bei seinem Fund handelt."

Schwerfällig setzte er sich auf einen Stuhl, sprang aber gleich wieder auf.

Zum wiederholten Mal verfluchte er sich innerlich, dass er bei ihrem ersten Treffen vergessen hatte, sich die Mobilnummer geben zu lassen. Wie hatte ihm das nur passieren können.

„Und wo zum Henker steckt Friedemann?" zischte er zwischen zusammengebissenen Zähnen hervor.

Wütend starrte er auf das Display.

Moritz Harlander, ein junger Musikstudent, war auf Empfehlung von Friedemann vom Stein, den er im Zusammenhang des Forschungsprojektes „Bach digital" kennengelernt hatte und mit dem er seither in einem regen Austausch stand, zu ihm gekommen. Er wollte eine Expertise von ihm, ob es sich bei den Notenblättern, die er seinen eher vagen Angaben nach zufällig in einem kleinen Kirchenarchiv gefunden hatte, um eine Originalniederschrift von Bach handelte. Aus Sicherheitsgründen, wie er wichtigtuerisch betonte, hatte der Student nur ein Originalblatt mitgebracht. Er war aber lange genug im Geschäft, um sofort zu erkennen, um was für einen sensationellen Fund es sich dabei handelte. Und genauso schnell war ihm klar, welche finanziellen Möglichkeiten in diesem Schatz steckten. Die weiteren Verhandlungen waren allerdings äußerst zäh verlaufen. Daran war vor allem die pedantische Art von Moritz Harlander schuld, die ihn mitunter fast zur Weißglut gebracht hatte. Um dem ständigen Hin und Her schließlich ein Ende zu bereiten, hatte er sich zu einem Vorschlag hinreißen lassen, der sich nun, wie er befürchten musste, als ein folgenschwerer Fehler erwies.

Hartmut Fellner spürte wie sein Magen gegen diese Erkenntnis rebellierte. Nur mit Mühe zwang er den Brechreiz hinunter.

Wie hatte ihm das nur passieren können. Selbstgefällig schaute sich der 60-jährige Musikwissenschaftler und Experte für Partituren speziell aus der Zeit von Johan Sebastian Bach in seinem mit exquisiten Antiquitäten ausgestatteten Büro um. Vor bald dreißig Jahren hatte seine Glückssträhne begonnen. Gleich nach der Wende hatte er sich in dem aus der Gründerzeit stammenden und aufwändig renovierten Haus im Sporergäßchen im Zentrum Leipzigs und in unmittelbarer Nachbarschaft zur Thomaskirche, der Wirkungsstätte von Johann Sebastian Bach, eingemietet und sein Büro eröffnet.

Das polierte Messingschild hing noch immer neben der Eingangstür: Musikgutachter Hartmut Fellner M. A. Sachverständiger für Musikautographen, Musikdrucke. Termin nach Vereinbarung.

Am Anfang hatte ihn die hohe Miete zwar beinahe in die Insolvenz getrieben. Aber dann brachte ein sensationeller Fund, den er im Archiv einer kleinen thüringischen Kirchengemeinde gefunden und zusammen mit dem Bach-Archiv veröffentlicht hatte, den

Durchbruch. Seither florierte sein Geschäft mit der Begutachtung und dem An- und Verkauf von originalen, eigenhändigen Musikmanuskripten. Die alte Musikstadt Leipzig hatte sich in dieser Hinsicht als wahre Fundgrube erwiesen.

Heute war er ein anerkannter Experte, der auch zahlreiche Anfragen aus dem Ausland erhielt. Und der Handel florierte, gab es in der Welt doch genügend Bachliebhaber und Freunde der barocken Kirchenmusik, die sich ihre Obsession durchaus einiges kosten ließen.

Auch für die Notenblätter hatte er rasch unter der Hand einen Liebhaber gefunden. Und der Preis, den dieser zu zahlen bereit war, war einfach überwältigend. Aber Moritz Harlander wollte von Anfang an von einem Verkauf nichts wissen. Das Manuskript sollte der Wissenschaft und der Öffentlichkeit zugänglich gemacht werden. Alle Überredungsversuche und Verlockungen hatten nichts genutzt. Und wie wenn das nicht schon genug wäre. Jetzt meldete er sich nicht einmal mehr wie vereinbart.

Mit zusammengezogen Brauen starrte Fellner wütend vor sich hin.

Er kam nicht umhin, sich einzugestehen, dass seine Strategie nicht aufgegangen war. Er war zu schnell vorgeprescht. Ein unverzeihlicher Fehler, wie er wusste. Aber seine Gier war zu groß gewesen und sie war es immer noch.

Wieder starrte er auf das Display. Nichts.

Und Friedemann meldete sich auch nicht.

Außer sich vor Wut stampfte Hartmut Fellner mit dem Fuß auf.

Jetzt saß er in der Falle. Er hatte Begehrlichkeiten geweckt, ohne sie befriedigen zu können. Er wusste, dass das nicht lange gut gehen konnte. Er musste handeln. Sofort.

„So nicht, Bürschchen. Nicht mit mir. Dann komme ich halt

nach Stuttgart."

Er nahm sein Telefon und wählte eine Nummer.

„Und wenn Friedemann da seine Finger mit drin hat – ich kann auch anders. Ab jetzt läuft es nach meinen Spielregeln!"

Mit vor Entsetzen geweiteten Augen starrte Friedemann vom Stein auf seinen Freund Moritz, der auf dem Holzboden vor der Orgel in einer Blutlache lag.

Er versuchte in die Hocke zu gehen, doch seine Knie zitterten so stark, dass er befürchtete, jeden Augenblick zu fallen. Blindlings tastete er nach einem Halt an der Balustrade.

Vorsichtig streckte er die andere Hand aus, um das Gesicht des leblosen Körpers zu berühren. Doch plötzlich ließ er die Hand wieder sinken.

Sein Atem ging schwer.

Ein bestürzender Gedanke durchzuckte sein Gehirn: Lebte Moritz noch?

Panik stieg in ihm auf.

Was war geschehen? In seinem Kopf herrschte Konfusion; Erinnerungsfetzen tauchten auf und versanken wieder im Chaos.

Er konnte sich nur noch daran erinnern, dass er sich verspätet hatte, im Laufschritt zum Feuersee rannte, die Treppen hinauf zur Orgel stürmte und …..

Was war passiert? Plötzlich stieg eine ungeheuerliche Ahnung in ihm auf. Ihn schauderte.

Friedemann richtete sich mühsam auf. Er war ein junger Mann von 30 Jahren. Seine gutgewachsene Figur verriet eher Gewandtheit als Kraft und Ausdauer. Er war ehrgeizig, leidenschaftlich und nicht ohne Hochmut, dabei mit hoher Intelligenz ausgestattet. Sein blasses Gesicht mit den unregelmäßigen, aber feinen Zügen war umrahmt von schwarzen Locken, die er sich nun hektisch aus der schweißnassen Stirn strich.

„Moritz. Hörst Du mich? Kannst Du mich verstehen?" flüsterte er.

Die Gedanken rasten in seinem Kopf hin und her.

Ich muss den Notarzt rufen und die Polizei.

Aber er konnte sich nicht aus seiner Erstarrung lösen.

Erneut überrollte ihn eine Panikwelle und er drohte, in Ohnmacht zu fallen.

Er wollte doch nur noch einmal mit Moritz reden. Ihm noch einmal sein Projekt erklären und ihn dahingehend beruhigen, dass er nicht vorhatte, irgendetwas zu fälschen.

Und er wollte ihm unbedingt sagen, wie wichtig ihm ihre Freundschaft war. Aber, dass er in diesem Fall nicht anders konnte …

Er beugte sich noch einmal zu dem leblosen Körper seines Freundes hinunter.

Seine Stimme sank zu einem Flüstern herab:

„Moritz, ich hole Hilfe. Ganz bestimmt."

Dann rannte er wie besessen davon.

Johann Sebastian Bach: Passacaglia und Fuge C-Moll, BWV 582

Das autographe Manuskript (Originalniederschrift) von Johann Sebastian Bach gilt heute als verloren.

TEIL I

I.

Kommissar Schwerdtfeger ging tief in die Hocke und hielt sein Ohr an den Mund des Schwerverletzten.

„Was wollen Sie mir sagen", flüsterte er behutsam.

Der junge Mann, auf dessen Gesicht sich bereits die Totenblässe ausgebreitet hatte, schien noch einmal alle Kraft zu sammeln. Mit geschlossenem Mund, die Lippen bewegten sich kaum, hauchte er mit letzter Kraft:

„Bach…"

Dann sank sein Kopf auf die Seite.

Sie waren zu spät gekommen. Der Notarzt stellte den Tod fest.

Kommissar Schwerdtfeger stand wieder auf. Er senkte den Kopf. Jedes Mal, wenn er mit einem gewaltsamen Tod konfrontiert wurde, bebte sein Herz vor Trauer und Wut. Daran hatte auch die langjährige Routine nichts ändern können.

Er war mit Cornelia Marquardt nach Eingang des Notrufs sofort in die Gutenbergstraße gefahren. Vor dem Nordeingang der St. Johanneskirche hatten sie einen Parkplatz gefunden und waren zum Tatort geeilt. Nur flüchtig registrierte er dabei die imposante Kirche. Er hatte einmal gelesen, dass das Gotteshaus auf einer künstlich angelegten Halbinsel im eigens dafür vergrößerten Löschteich Feuersee in der zweiten Hälfte des 19. Jahrhunderts erbaut worden war. Am Eingang der nach dem Vorbild gotischer Kathedralen errichteten Kirche gingen rechts und links zwei steinerne Treppen zur Empore hoch. Sie nahmen die linke Treppe, auf der ein älterer Streifenpolizist Stellung bezogen hatte. Oben traten sie auf einen Vorplatz, von dem aus sich links und rechts die Emporen der Seitengänge erstreckten. Die Orgel nahm fast den gesamten Raum ein. Der Vorplatz wurde zum Mittelschiff hin von einem weißen Steingeländer begrenzt.

Er warf einen kurzen Blick auf seine Assistentin, die neben einem jungen Streifenpolizisten sichtbar mitgenommen an der Brüstung lehnte. Sie war sofort nach Abschluss ihrer Ausbildung an der Polizeiakademie in sein Team gekommen. Ihre langen braunen Haare hatte sie meistens zu einem Pferdeschwanz zusammengebunden, was die 28-Jährige noch jünger aussehen ließ. Ihre langen Beine steckten immer in verwaschenen Jeans. Je nach Jahreszeit wechselte sie die Oberteile, von denen sie eine große Auswahl besaß.

Kommissar Schwerdtfeger stellte insgeheim fest, dass er wenig über das Privatleben seiner Kollegin wusste. Hatte sie zum Beispiel einen Freund? Sie war sehr ehrgeizig und wollte in der Mordkommission Karriere machen. Das machte eine feste Beziehung eher schwierig, wie er aus eigener Erfahrung wusste. Erst mit Marlene, seiner Jugendliebe, die er nach vielen Jahren bei einem seiner letzten Mordfälle wiedergetroffen hatte, war das anders. Vielleicht weil sie als leitende Bibliothekarin ebenfalls viel um die Ohren hatte.

Er riss sich aus seinen Träumen und legte Cornelia Marquardt eine Hand auf die Schulter.

„Na, geht's wieder?" fragte er mitfühlend.

„Ja, es geht", nickte sie tapfer und wischte sich dabei eine Träne aus den Augen.

„Warum wurden wir verständigt?"

„Es ging ein anonymer Anruf beim Polizeirevier 3 gleich hier um die Ecke in der Gutenbergstraße ein. Der Anrufer, es war mit Sicherheit ein Mann, wollte ein Verbrechen melden. Der Verletzte, so der Mann, liege bei der Orgel von St. Johannes. Vielleicht sei der Mann auch bereits tot. Der anonyme Anrufer schien sehr verwirrt und erschüttert zu sein. Seinen Namen wollte er allerdings nicht nennen. Die Zentrale hat dann neben dem Notarzt auch uns verständigt."

Sie schwieg und fügte dann traurig hinzu:
„Wie man sieht – zu Recht."
„Wann ging der Anruf ein?"
„Vor etwa fünfzehn Minuten."

Kommissar Schwerdtfeger wandte sich an den Notarzt, der damit beschäftigt war, den Totenschein auszustellen.
„Können Sie schon etwas über die Todesursache sagen?"
„Das Opfer weist viele Verletzungen auf. Es muss auf dem engen Raum hier vor der Orgel zu einem richtigen Kampf gekommen sein. Gestorben ist er allerdings an massiven Stichverletzungen im Brust- und Bauchbereich. Wahrscheinlich ist er innerlich verblutet. Doch das wird die Obduktion zeigen."

Er reichte dem Kommissar den Totenschein. Dann packte er seine Sachen zusammen.
„Ich kann hier nichts mehr tun. Das ist jetzt Ihre Aufgabe."

Er gab dem Kommissar die Hand und verabschiedete sich mit einem Kopfnicken von Cornelia Marquardt und dem Streifenpolizisten. Dann stieg er die Wendeltreppe hinab.

„Wissen wir schon, wer der Tote ist?" wandte sich Schwerdtfeger an Cornelia Marquart.

Sie reichte ihm einen Personalausweis und andere Dokumente.
„Das wurde in seiner Jackentasche gefunden. Der Tote heißt Mo-

ritz Harlander und ist 29 Jahre alt. Er ist offensichtlich Student an der Musikhochschule. Und dann haben wir noch einen Mitgliedsausweis für den „Verein der Freunde der Stuttgarter Kirchenmusik" gefunden und eine Bestätigung, dass er Organist ist und vom Pfarrer und dem Kirchengemeinderat von St. Johannes die Erlaubnis hat, auf dieser Orgel zu spielen."

Kommissar Schwerdtfeger warf einen Blick auf die Orgel. Auf dem Notenpult befanden sich Notenblätter. Er beugte sich etwas vor, um besser lesen zu können: Eine Toccata von Johann Sebastian Bach. Neben der Orgelbank stand eine braune Aktentasche mit weiteren Noten und Büchern aus der Bibliothek.

„Offensichtlich hatte er gerade Orgel gespielt, als sein Mörder kam. Bitte ruf sofort Sebastian an. Er soll mit seinem Team die Orgel und die gesamte Empore genau unter die Lupe nehmen. Und informiere auch Dr. Granda. Er soll so schnell wie möglich kommen."

„Geht in Ordnung. Hat er eigentlich noch etwas gesagt?"

Kommissar Schwerdtfeger dachte kurz nach.

„Wenn ich es mir recht überlege, dann hat er Bach gesagt. Ich meine, ich hätte ihn so verstanden. Aber die Stimme war schon erloschen."

„Bach?" fragte Cornelia Marquardt erstaunt.

„Ja, ich kann mir keinen Reim darauf machen, was er wohl damit gemeint hat."

„Nun," begann Cornelia Marquardt vorsichtig „vielleicht meinte er den Komponisten Bach. Johann Sebastian Bach, ein Komponist aus dem Barock, der viele Orgelstücke komponierte ..."

„Ich weiß sehr genau, wer Bach ist", fiel ihr Kommissar Schwerdtfeger gereizt ins Wort. Es ärgerte ihn immer wieder, wenn es sich ergab, dass seine junge Kollegin in kulturellen Dingen besser bewandert war als er.

„Und trotzdem will es mir nicht einleuchten, dass ausgerechnet der Komponist sein letzter Gedanke war."

„Es sei denn, er wollte uns etwas ganz Bestimmtes damit sagen. Vielleicht einen Hinweis auf seinen Mörder geben."

Kommissar Schwerdtfeger winkte ab.

„Vielleicht habe ich ihn auch gar nicht richtig verstanden. Ruf in der Zentrale an. Sie sollen herausfinden, ob er noch Eltern hat und wo sie wohnen."

„In Ordnung."

Cornelia Marquardt prüfte, ob sie auf der Empore einen Empfang bekam und ging dann rasch ein paar Schritte in den rechten Seitengang.

„Sie sollen uns sofort Bescheid geben" rief Schwerdtfeger ihr noch hinterher.

Der Kommissar schaute sich sorgfältig um. Die Leiche lag direkt vor der Orgel nur wenige Schritte von der Brüstung entfernt. Die Orgel nahm fast den ganzen Platz ein. Neben und vor ihr waren noch Holzstühle von der letzten Probe aufgestellt. Zwei von ihnen waren umgefallen und lagen seitlich von der Leiche. Schwerdtfeger wandte sich um und schaute über die Brüstung hinab in das schmale Mittelschiff mit seinen hohen Pfeilern, das im Halbdunkel lag. Als er sich wieder umdrehte, entdeckte er am Geländer einen kleinen Stofffetzen, der sich dort verfangen hatte.

Er winkte einen von den Streifenpolizisten zu sich her.

„Wie ist ihr Name?"

Der junge Polizist, der sich mit bleichem Gesicht an die Brüstung gelehnt hatte, straffte automatisch die Schultern.

„Polizeioberwachtmeister Peter Dachs."

„Sie bleiben bitte mit ihrem Kollegen am Tatort und warten auf den Pathologen Dr. Granda und die Spurensicherung. Und den Jungs zeigen sie diesen Stofffetzen, damit sie ihn ins Labor mitnehmen."

Peter Dachs warf einen raschen Blick auf das Beweisstück und nickte eifrig mit dem Kopf.

„Wird erledigt."

Cornelia Marquardt kam mit dem zweiten Streifenpolizisten zurück, der sich in der Zwischenzeit im Kirchenschiff umgesehen hatte. Als sie Schwerdtfeger Bescheid geben wollte, klingelte ihr Telefon.

„Das ging aber schnell", murmelte sie. Dann hörte sie konzentriert zu.

„Und?" fragte Schwerdtfeger, als sie das Telefonat beendet hatte.

„Die Eltern von Moritz Harlander wohnen im Sonnenberg, in der Laustraße."

„Und Moritz Harlander?"

„Das Opfer wohnte in der Vogelsangstraße", meldete der ältere uniformierte Polizist.

Kommissar Schwerdtfeger überlegte kurz. Dann wandte er sich an seine Assistentin:

„Wir beide fahren jetzt zuerst zu den Eltern, um ihnen die furchtbare Nachricht zu überbringen."

Ein Schatten huschte über sein Gesicht.

„Wahrlich keine leichte Aufgabe", flüsterte der ältere Polizist und räusperte sich verlegen.

Kommissar Schwerdtfeger wandte sich zur Treppe.

„Wo ist eigentlich Udo?" fragte er gereizt.

Cornelia Marquardt verdrehte die Augen.

„Er hat da so seinen eigenen Fall", erwiderte sie kryptisch.

„Er soll schleunigst ins Präsidium kommen", knurrte Schwerdtfeger.

„In zwei Stunden ist Teamsitzung."

II.

Endlich war die Sitzung vorbei. Alfred Schmidhuber raffte hastig seine Unterlagen zusammen und eilte grußlos aus dem Besprechungsraum.

In seinem Arbeitszimmer, das auf der anderen Seite des Flurs im zweiten Stock des Gemeindezentrums von St. Anna lag, riss er das Fenster weit auf, nestelte an seinem Krawattenknoten und atmete tief durch. Dann beugte er sich zu einem kleinen Geheimfach an seinem Schreibtisch hinunter, zog die Schublade auf und holte einen Flachmann mit Cognac heraus, den er dort für Tage wie heute deponiert hatte. Gierig trank er zwei Schluck. Er setzte sich in seinen Schreibtischstuhl, legte den Kopf nach hinten und genoss die beruhigende Wirkung.

Mit einer Mischung aus Trotz und Stolz sah er sich in seinem geräumigen Büro um. Er dachte daran, wie lange er darauf hingearbeitet hatte, Vorsitzender des Vereins zu werden. Obwohl er Gründungsmitglied war, hatte er bei den jährlich stattfindenden Vorstandswahlen immer den Kürzeren gezogen. An seinem Engagement hatte es nicht gelegen. Aber er war bei den Mitgliedern nicht sehr beliebt, wie er sich nur ungern eingestand, und hatte keine Hausmacht hinter sich, die ihn vorbehaltlos unterstützte. Und so war es vor zwei Jahren nur dem Umstand zu verdanken, dass sein Mitkonkurrent um den Vorsitz aus gesundheitlichen Gründen aufgeben musste, dass er Vorsitzender des „Vereins der Freunde der Stuttgarter Kirchenmusik" wurde. Seither fühlte er sich genau an dem Platz, wo er seiner Meinung nach hingehörte. Die bald einsetzende Kritik an seinem autoritären Führungsstil, die nicht nur hinter vorgehaltener Hand geäußert wurde, hatte er bislang mit einem verächtlichen Achselzucken weggewischt. Er war am Ziel seiner Wünsche und alles andere war ihm egal. Und wegen den kleinen finanziellen Unregelmäßigkeiten, die er sich hin und wieder erlaubte, würde niemand jemals Verdacht schöpfen.

Dachte er. Bis heute.

Er lachte hart auf.

Angefangen hatte alles mit Moritz Harlander, dessen pedantisches Wesen ihm immer schon auf die Nerven gegangen war. Dieser war eines Tages zu ihm ins Büro gekommen und hatte ihn mit seinem Verdacht konfrontiert.

Und was für einem ungeheuerlichen Verdacht. Die Erinnerung trieb ihm die Zornesröte ins Gesicht.

An diesem Tag war sein bis dahin angenehmes Leben mit einem Schlag aus den Fugen geraten. Seither konnte er nachts nicht mehr schlafen und wurde auch tagsüber von Panikattacken heimgesucht. Nur mühsam hielt er die äußere Fassade aufrecht, während sein Verstand fieberhaft nach einer Lösung suchte.

Er trank noch einmal einen kräftigen Schluck Cognac.

Das zweite Treffen mit Moritz Harlander war dann bedauerlicherweise nicht so verlaufen, wie er es sich vorgestellt hatte. In seinem Zorn hatte er sich sogar zu einer folgenschweren Handlung hinreißen lassen, die er jetzt zutiefst bereute. Doch zunächst schien es so, als seien seine Probleme gelöst.

Alfred Schmidhuber zog ein Taschentuch aus seiner Hosentasche und wischte sich damit über die schweißnasse Stirn. Er stöhnte laut auf.

Wie zum Teufel konnte er nur eine Sekunde lang geglaubt haben, dass damit alles vorbei sei. Er hätte es besser wissen müssen, zumal sich Moritz Harlander bis zuletzt geweigert hatte, ihm zu sagen, von welchem Vorstandsmitglied er die inkriminierenden Informationen und Nachweise erhalten hatte.

Ihm war von Anfang an klar gewesen, dass Moritz nicht ohne fremde Hilfe den Betrug hatte feststellen können. Und die Sitzung eben hatte seinen diesbezüglichen Verdacht bestätigt.

Als er daran dachte, trat ihm der Schweiß erneut auf die Stirn.

Die Stimmung im Arbeitskreis war von Anfang an gereizt gewesen. Trotzdem hatte er unbeirrt seine Tagesordnung durchgezogen. Zu einem ersten Eklat war es dann gekommen, als er auf seine Entscheidung, Moritz Harlander nicht als Organist für das Abschlusskonzert im Sommer zu verpflichten, angesprochen worden war. Obwohl diese Entscheidung inzwischen obsolet war, hatte er sie erneut mit dem Hinweis auf die Informationen begründet, die ihm von Clemens Bachinger zugetragen worden waren. Er war bei den Mitgliedern jedoch nur auf wütende Ablehnung gestoßen.

Es sollte aber noch schlimmer kommen. Denn am Ende der Sitzung war sein Stellvertreter Anton Merkle aufgestanden und hatte die verhängnisvolle Frage gestellt. Seine Worte hatten ihn wie ein Schock getroffen, gerade in dem Moment als er angefangen hatte, sich wieder zu beruhigen. Er war nahe daran, die Fassung zu verlieren. Noch jetzt verfolgten ihn die vorwurfsvollen Augenpaare der Mitglieder des Arbeitskreises, die er noch immer wie bohrende Nadelstiche auf sich gerichtet fühlte.

Zunächst hatte er versucht, die Frage abzuwiegeln. Aber Anton ließ nicht locker. Er gab zu bedenken, dass das Gerücht immer weitere Kreise zöge und die Presse früher oder später Wind davon bekommen würde. Und dann wäre der Schaden immens und sie könnten das Sommerprogramm vergessen.

Um dem Allem noch die Krone aufzusetzen, hatte ihn dann auch noch die ewig naseweise Fanny Hofreiter direkt gefragt, ob die Behauptung stimmen würde, dass er die Bücher des Vereins nicht ordentlich führe.

Zornesröte stieg ihm ins Gesicht.

Er hatte sich gründlich getäuscht, so viel stand fest. Seine Probleme waren nicht gelöst. Im Gegenteil: Die Probleme fingen langsam an, ihm über den Kopf zu wachsen.

Denn nun quälte ihn auch noch die entsetzliche Frage „Was wusste Anton Merkle und was wusste Fanny Hofreiter?"

Er öffnete noch einmal den Flachmann und trank den restlichen Cognac in einem Zug aus.

III.

Sie fanden in der kleinen Seitenstraße unmittelbar neben der kleinen Gartentür einen Parkplatz.

„Sei bereit, Cornelia, falls die Mutter einen Zusammenbruch erleidet", warnte Kommissar Schwerdtfeger seine junge Kollegin. Tapfer nickte Cornelia Marquardt mit dem Kopf.

Über einen Weg aus Steinplatten, der von roten und gelben Rosen flankiert wurde, schritten sie zur Haustür. Die Sonne schien. Kommissar Schwerdtfeger betätigte die Klingel.

Ein paar Sekunden später öffnete ihnen eine ältere Frau, deren Schultern ein buntes Baumwolltuch bedeckte. Kommissar Schwerdtfeger schätze sie auf Ende 50, obwohl die herabhängenden Schultern sie älter erscheinen ließen.

Einen Moment sah es so aus, als wolle sie etwas sagen; ihr Mund begann eine Frage zu formen. Doch dann hielt sie inne und blinzelte, als versuchte sie die beiden Polizisten, die vor der Haustür standen, besser wahrzunehmen.

„Guten Morgen Frau Harlander", sagte Schwerdtfeger. „Ich bin Kommissar Schwerdtfeger und das ist meine Kollegin Cornelia Marquardt. Dürfen wir hereinkommen?"

Maria Harlander blinzelte erneut, gab jedoch keine Antwort. Sie schien nicht zu verstehen.

Kommissar Schwerdtfeger trat etwas näher an die Tür.

„Es geht um ihren Sohn Moritz. Ist ihr Mann auch zuhause?"

Maria Harlander nickte abwesend.

„Moritz?" echote sie.

„Ja um Moritz. Ich fürchte, wir haben eine schlechte Nachricht."
Maria Harlander rührte sich nicht.

Sachte legte Kommissar Schwerdtfeger seine Hand auf ihren rechten Ellbogen und lenkte sie zurück ins Haus.

„Was meinen Sie", fragte Maria Harlander. „Was für schlechte Nachrichten?"

Kommissar Schwerdtfeger lotste sie durch den Gang, als Helmut Harlander in der Wohnzimmertür auftauchte.

„Was geht hier vor? Wer sind Sie?"

„Entschuldigen Sie bitte Herr Harlander. Wir sind von der Polizei. Ich bin Kommissar Schwerdtfeger und das ist meine Kollegin Marquardt. Es geht um ihren Sohn Moritz. Können wir uns bitte setzen."

Im Gesichtsausdruck von Helmut Harlander ging eine rapide Veränderung vor. Der fragende Blick, die besorgte Miene wechselten in Entsetzen.

Er nahm seine Frau am Arm und führte sie zu dem kleinen Sofa, auf welchem sie Platz nahmen.

Kommissar Schwerdtfeger zog sich einen Stuhl heran und setzte sich.

„Was ist mit meinem Sohn?" krächzte Helmut Harlander heiser.

„Ich bedauere sehr, Ihnen mitteilen zu müssen, dass Ihr Sohn tot ist", sagte Kommissar Schwerdtfeger. „Er wurde vor der Orgel in der Johanneskirche ermordet aufgefunden. Es tut mir sehr leid."

„Ermordet?" fragte Helmut Harlander? Seine Augen weiteten sich, als stünde er am Rande einer Panik. Offenbar sickerte das ganze Ausmaß der Hiobsbotschaft nur nach und nach in sein Bewusstsein.

„Das kann nicht sein", hauchte Maria Harlander, die zusehends unruhiger wurde.

Kommissar Schwerdtfeger rechnete jeden Moment mit einem Zusammenbruch. Er gab Cornelia Marquardt rasch ein Zeichen. Sie konnte die Mutter, die nach vorne sackte und vom Sofa zu fallen drohte, in letzter Sekunde auffangen.

„Wie?" fragte Helmut Harlander leise. Seine Erregung war schlagartig von ihm abgefallen und er starrte nur noch auf den Boden.

Mit großer Behutsamkeit versuchte Kommissar Schwerdtfeger den Eltern die Umstände des Todes ihres Sohnes nahezubringen. Ihre Fassungslosigkeit und Verzweiflung berührten ihn tief.

Schließlich stand er auf. Eine weitere Befragung machte im Moment keinen Sinn. Es war klar, dass sie von den verzweifelten Eltern zunächst keine weiteren Hinweise über das Verbrechen erhalten konnten.

„Gibt es jemanden, denn wir benachrichtigen könnten?" fragte er abschließend.

Helmut Harlander starrte ihn verständnislos an.

„Der sich um Sie kümmern kann?" ergänzte der Kommissar.

Plötzlich ging ein Ruck durch Maria Harlander. Die Teilnahmslosigkeit der letzten Minuten schien schlagartig von ihr abgefallen zu sein. Sie schlug das Schultertuch enger um sich.

„Die Fanny soll kommen. Ja, die Fanny. Ich rufe sie gleich an."

IV.

Währenddessen saß Fanny Hofreiter immer noch an dem Besprechungstisch, an dem heute Vormittag die Sitzung des Arbeitskreises stattgefunden hatte. Die anderen Teilnehmer waren längst gegangen. Sie malte gedankenverloren kleine Kreise auf ihren Notizblock. Die Sitzung hatte sie furchtbar aufgeregt und sie wollte die kurze Pause nutzen, um die verwirrenden Eindrücke zu sortieren.

„Nein, das hätte man nicht erwarten können" lautete das Ergebnis ihres stummen Grübelns.

Der Arbeitskreis hatte sich turnusmäßig getroffen, um über verschiedene Werbekampagnen für das diesjährige Sommerfestival der Kirchenmusik zu beraten. Die Konzertreihe, die in Kooperation mit den Stuttgarter Bach-Wochen stattfand und deren Abschluss das große Orgelkonzert in St. Johannes bildete, war jedes Jahr eine große Herausforderung für den Arbeitskreis. Ihre Aufgabe war es gewesen, einen Vorschlag für den Werbeflyer zu präsentieren. Sie hatte sich dafür im Vorfeld viele Gedanken gemacht und mit Hilfe von Marlene am Computer einen kleinen Entwurf vorbereitet.

Doch dann verlief die Sitzung anders als geplant. Zunächst musste sich Alfred Schmidhuber für eine Entscheidung rechtfertigen, die er quasi im Alleingang, ohne Rücksprache mit den Mitgliedern des Arbeitskreises, getroffen hatte. Ihm wurde vorgehalten, dass er versucht hatte, die Organisatoren der Bach-Woche dazu zu bringen, Moritz Harlander als Orgelspieler für das große Schlusskonzert in St. Johannes am Feuersee abzulehnen. Und das, obwohl Moritz vom Vorstand des „Vereins zur Förderung der Stuttgarter Kirchenmusik" nominiert worden war und das Auswahlverfahren für sich entschieden hatte. Ein ungeheuerlicher Vorgang, der alle schockiert hatte, ebenso wie Schmidhubers Begründung, die im Wesentlichen nur darauf beruhte, was ihm von Clemens Bachinger zugetragen worden war.

Fanny Hofreiter rümpfte vor Empörung die Nase.

Sollte Clemens tatsächlich noch derartig eifersüchtig auf Moritz sein, dass er sich zu solch schäbigen Spielchen hinreißen ließ?

Sie riss die vollgekritzelte Seite aus ihrem Notizblock und zerknüllte das Papier.

Gott sei Dank hatte sich Alfred Schmidhuber bei den Organisatoren der Bach-Woche nicht durchsetzen können, so dass kein großer Schaden entstanden war. Aber anstelle sein Fehlverhalten einzugestehen und in der Sache einzulenken, war er in der Sitzung immer aggressiver geworden und hatte sich jede weitere Diskussion verbeten.

Und dann hatte Anton Merkle die Frage gestellt, die ihn seit längerer Zeit mit Sorge erfüllte. Genau genommen seit jenem Tag, als er zum ersten Mal mit dem Gerücht konfrontiert wurde, dass die Fördergelder, die der Verein von staatlicher und privater Seite für seine Konzertveranstaltungen bekam, nicht korrekt abgerechnet werden. Als Schatzmeister des Vereins war er wie vor den Kopf geschlagen. Doch Schmidhuber hatte auf seine drängenden Nachfragen hin immer nur abgewiegelt. Deshalb hatten sie nach reiflicher Überlegung den Entschluss gefasst, dass Anton ihn bei der Arbeitskreissitzung direkt darauf ansprechen sollte.

Im Besprechungsraum herrschte daraufhin für einen Augenblick absolute Stille. Die Teilnehmer des Arbeitskreises starrten Alfred Schmidhuber entsetzt an und forderten Aufklärung. Doch wie nicht anders zu erwarten, bestritt Schmidhuber alle Vorwürfe mit eisiger Stimme. Er ging bei seinen Einlassungen sogar so weit, Anton Merkle persönlich anzugreifen. Das hatte sie nicht zulassen können. Und so hatte sie all ihren Mut zusammengenommen und mit fester Stimme die Frage wiederholt.

Sie fröstelte erneut, als sie an Schmidhubers Wutanfall dachte.

„Ich muss heute Abend unbedingt noch einmal mit Anton über die ganze Angelegenheit sprechen. So kann es auf jeden Fall nicht weitergehen."

Fanny Hofreiter steckte die Brille ins Etui und zog ihre schicke blaue Kostümjacke an, die sehr gut zu ihrem Faltenrock und der weißen Bluse passte. Dann räumte sie ihre Unterlagen zusammen.

Plötzlich kam ihr ein anderer Gedanke - das Ehepaar Maria und Helmut Harlander, mit dem sie seit Jahren befreundet war, fehlte heute bei der Sitzung des Arbeitskreises. Das war noch nie passiert!

„Es wird doch hoffentlich nichts passiert sein."

Maria hatte im Frühjahr eine schwere Grippe gehabt und hatte sich noch nicht ganz davon erholt. Vielleicht lag es daran. Oder die Harlanders wollten Alfred Schmidhuber aus dem Weg gehen. Der Streit zwischen ihm und ihrem Sohn Moritz war inzwischen in aller Munde.

„Wenn ich nur wüsste, was zwischen den beiden im Einzelnen vorgefallen ist", murmelte Fanny Hofreiter.

Sie schaute sich noch einmal suchend im Raum um, ob nicht noch etwas liegen geblieben war. Dann zog sie die Tür hinter sich zu. Sie wollte noch rasch bei Harlanders vorbeischauen.

V.

Cornelia Marquardt kramte umständlich in ihrer großen Umhängetasche nach einem Päckchen Papiertaschentücher. Im Stillen überlegte sie, dass keine noch so gute Ausbildung an der Polizeischule einen auf die Situation vorbereiten kann, einem Menschen mitzuteilen, dass er seinen Partner oder sein Kind durch ein Gewaltverbrechen verloren hat. Vielleicht gelang es Seelsorgern oder Psychologen besser. Auf jeden Fall besser als ihr. Sie dachte an Frau Harlander, die vor Schmerz erstarrt war, so dass kein tröstendes Wort sie mehr erreichte. Sie hatte sich in dieser Situation so hilflos gefühlt.

Und jetzt. Ihr Blick fiel auf die Verlobte von Moritz Harlander, die vollkommen in sich zusammen gesunken auf dem Sofa saß. Sie reichte Simone ein Taschentuch, damit sie ihr tränennasses Gesicht trocken konnte.

Sie war mit Kommissar Schwerdtfeger nach dem Besuch bei den Eltern noch rasch in die Vogelsangstraße gefahren. Nachdem Sebastian Mayer mit seinem Team in der Wohnung von Moritz Harlander die Spuren gesichert hatte, wollten sie sich einen ersten Eindruck verschaffen. Zu ihrem großen Erstaunen hatten sie dort die Verlobte angetroffen, die das Polizeisiegel zerschnitten hatte und in die Wohnung eingedrungen war.

Nach Schwerdtfegers wütender Erklärung, dass es verboten sei, ein Polizeisiegel zu zerstören und sich unerlaubt an einem Tatort aufzuhalten, war die Verlobte in Tränen ausgebrochen.

Cornelia Marquardt legte Simone die Hand auf die Schulter:

„Geht es wieder?" fragte sie leise.

Simone schnäuzte sich die Nase und strich eine Strähne von ihren blonden langen Haaren aus dem Gesicht. Sie war sichtlich bemüht, Haltung zu gewinnen.

„Es tut mir sehr leid, dass ich das Siegel zerstört habe. Ich wusste nicht, dass das verboten ist. Das ist doch unsere Wohnung und kein Tatort!"

Kommissar Schwerdtfeger setzte zu einer scharfen Erwiderung an, überlegte kurz und entschied sich dann anders. Behutsam formulierte er seine Frage:

„Ich überlege, ob Sie vielleicht in der Lage sind, uns ein paar Fragen zu beantworten. Wenn es Ihnen nicht möglich ist, können wir auch zu einem späteren Zeitpunkt wiederkommen. Aber es ist sehr wichtig für uns, uns so rasch wie möglich ein genaues Bild von den Lebensumständen Ihres Verlobten zu machen."

Mit einer ungeheuren Kraftanstrengung versuchte Simone, sich auf dem Sofa aufrecht hinzusetzen. Sie machte den Mund auf, es kam aber kein Ton heraus.

„Sollen wir später noch einmal kommen?"

Sie schüttelte stumm den Kopf.

„Ihr Verlobter hat Musik studiert und war – wie wir bereits von seinen Eltern erfahren haben - ein begabter Organist, der schon viele Orgelkonzerte gegeben hat."

„Ja, das stimmt", flüsterte Simone tonlos. „Das Orgelspiel ist – äh war - seine große Leidenschaft. Er war auch im „Verein der Freunde der Stuttgarter Kirchenmusik" aktiv und wurde von diesem oft als Organist engagiert. Er sollte auch im Juli das große Orgelkonzert spielen."

Die Tränen erstickten ihre Stimme. Sie hatte Mühe, sich wieder zu fangen.

„Ich bin auch Mitglied des Vereins, obwohl ich gar nicht musikalisch bin und kein Instrument spiele."

Über ihr Gesicht huschte ein verlegenes Lächeln.

„Mein Ex-Freund Clemens, der auch im Verein ist und ebenfalls Orgel spielt, hatte mich immer wieder zu Veranstaltungen mitgenommen. Bei einem Orgelkonzert habe ich dann Moritz kennengelernt. Wir haben uns sofort ineinander verliebt. Deshalb habe ich mich von Clemens getrennt."

Sie hielt kurz inne.

„Hat Ihr Freund das Ihnen sehr übelgenommen?" hakte Kommissar Schwerdtfeger nach.

„Also am Anfang, da war er schon extrem eifersüchtig. Ich hatte auch richtig Angst, ihm von Moritz und unserer Liebe zu erzählen. Clemens kann sehr wütend werden und ich war mir nicht sicher, wie er es aufnehmen würde. Einmal hätte er sich beinahe mit Moritz geschlagen, aber das konnte gerade noch verhindert werden."

„Und wie ist es heute. Ist er immer noch eifersüchtig."

Simone überlegte kurz:

„Ich glaube nicht mehr. Er hatte sich zunächst ganz zurückgezogen, war kaum noch im Verein und wir haben uns nur noch selten gesehen. Später hat er mir dann gesagt, dass er darüber hinweg sei. Das war beim diesjährigen Frühlingsfest gewesen."

Tränen liefen ihr über das Gesicht und sie putzte sich umständlich die Nase.

„Etwas anderes. Wissen Sie, ob Ihr Freund Feinde hatte, also vielleicht Kommilitonen oder andere Musiker, die neidisch waren, dass er so erfolgreich war."

„Neider gab es schon. Selbst Clemens hat es schwer zu schaffen gemacht, dass Moritz immer der Bessere war. Und erfolgreicher. Und dann sollte er im Sommer auch noch das große Orgelkonzert spielen. Da ist Clemens schon der Hut geplatzt."

Cornelia Marquardt warf Kommissar Schwerdtfeger einen vielsagenden Blick zu.

„Er hat sogar versucht, den Vorstand des Vereins gegen Moritz einzunehmen. So wütend war er."

Plötzlich durchzuckte Simone ein Gedanke. Ihr Gesicht wurde noch blasser und sie stieß einen kleinen Schrei aus.

„Nein! Nein, nicht dass sie denken, der Clemens hätte ihm etwas angetan. Niemals. Es gab auch andere Musiker und vor allem ...."

Sie brach abrupt ab.

Kommissar Schwerdtfeger betrachtete sie aufmerksam. Er konnte sich des Eindrucks nicht erwehren, dass sie etwas zu verbergen hatte. Er gab Cornelia einen Wink, die Befragung fortzuführen.

„Ich kann mir denken, wie schrecklich das alles für Sie ist. Aber wenn Sie von einem Streit wissen, den Ihr Verlobter mit jemandem gehabt hatte, dann müssen Sie es uns unbedingt sagen. Wir sind auf Ihre Mithilfe angewiesen."

Simone knetete ihre Hände.

„Also der Vorsitzende von unserem Verein, der Alfred Schmidhuber, mit dem hat sich Moritz in den letzten Wochen heftig gestritten."

„Wissen Sie, worum es bei dem Streit ging?"

„Nicht genau. Moritz wollte mich nicht damit belasten. Er sagte nur, dass Schmidhuber ein Betrüger sei und dass er Mittel und Wege finden werde, um dies zu beweisen."

„Gab es Unregelmäßigkeiten im Verein, für die Schmidhuber verantwortlich war? Oder was meinte Ihr Verlobter?"

„Ich weiß es wirklich nicht. Da müssen Sie schon Schmidhuber selber fragen."

Simone raffte sich auf.

„Bitte kann ich jetzt allein sein?"

Schwerdtfeger sah ein, dass er nichts mehr von der Verlobten erfahren würde.
„Wo können wir Sie in nächster Zeit erreichen?"
„Ich wohne in den nächsten Wochen bei den Eltern von Moritz im Sonnenberg."
Sie begleitete die beiden Kriminalbeamten zur Wohnungstür und verabschiedete sich.
Als sie die Tür öffnete, stand ein junger Mann davor.
Schwerdtfeger hatte kurz Zeit, einen Blick auf ihn zu werfen. Groß und schlaksig mit eckigen Bewegungen. Sein Gesicht, das von einem roten Haarschopf eingerahmt war, war übersät von Sommersprossen und zeigte eindeutig hektische Flecken.
Er schien gerannt zu sein. Sein Atem ging schwer. Ohne von ihnen Kenntnis zu nehmen, stürmte der junge Mann an Kommissar Schwerdtfeger und Cornelia Marquardt vorbei, die erstaunt die Augenbrauen hob.
„Simone, ich habe es eben gehört. Es tut mir so leid!"
Er ging auf die junge Frau zu und nahm sie in seine Arme.
„Clemens, es ist so furchtbar …"
Er zog die Tür hinter sich zu.
Cornelia Marquardt sah Kommissar Schwerdtfeger fragend an.
„Sollten wir ihn nicht ….."
„Der läuft uns schon nicht weg. Wir werden später mit ihm reden."

VI.

„Na Udo, sieht man Dich auch einmal wieder?" rügte Kommissar Schwerdtfeger seinen Assistenten, als er mit ein paar Minuten Verspätung den Sitzungsraum betrat.

Udo Stempfle blickte nur kurz auf und murmelte etwas Unverständliches vor sich hin.

Cornelia Marquardt musterte ihren Kollegen verstohlen von der Seite. Er machte auf sie den Eindruck, als fehle es ihm wieder einmal reichlich an Schlaf. Ihr war schon seit Längerem aufgefallen, dass Udo sich verändert hatte. Vorbei war die Zeit, als er im Büro oder bei den Teamsitzungen eine kesse Lippe riskierte. Stattdessen war er ständig missmutig und wortkarg. Sie nahm sich vor, bei Gelegenheit einmal ein offenes Wort mit ihm zu sprechen.

Kommissar Schwerdtfeger setzte sich auf den letzten freien Stuhl, legte einen Schnellhefter mit den ersten Ermittlungsunterlagen sowie sein Telefon auf den Tisch und schenkte sich eine Tasse Kaffee ein.

„Hallo zusammen", begrüßte er die Kollegen.

Anschließend gab er einen knappen Bericht über den Stand der Ermittlungen. Dabei ging er vor allem auf den Streit ein, den das Opfer Zeugenaussagen zufolge mit Alfred Schmidhuber, dem Vorsitzenden des „Vereins der Freunde der Stuttgarter Kirchenmusik" hatte.

Am Ende wandte er sich an den Pathologen:

„Dr. Granda, vielen Dank, dass Sie persönlich zur Teamsitzung gekommen sind. Was hat die Obduktion ergeben?"

Der Pathologe blätterte kurz in seinen Unterlagen und begann dann mit seinen Ausführungen:

„Die Obduktion hat im Wesentlichen die Vermutung beziehungsweise die Hypothese des Notarztes bestätigt. Es muss ein schwerer Kampf stattgefunden haben. Der Körper des Opfers weist mehrere blaue Flecken... einen Moment bitte ..." Er warf einen kurzen Blick auf seine Notizen: „Um es genau zu sagen, sechs große blaue Flecken sowie Prellungen und zwei Rippenbrüche auf. Der Mörder dürfte ähnliche Blessuren haben. Wir haben Hautpartikel unter den Fingernägeln des Opfers gefunden."

„Wir können davon ausgehen", warf Kommissar Schwerdtfeger ein, „dass Moritz Harlander bei seinem Orgelspiel von jemandem gestört wurde, den er aller Voraussicht nach kannte und mit dem er in einen veritablen Streit geraten war. Da stellt sich natürlich sofort die Frage: Worüber haben die beiden gestritten?"

„Vielleicht war es Konkurrenzneid?" warf Sebastian Mayer ein. „Oder Eifersucht!"

Kommissar Schwerdtfeger sah Udo Stempfle überrascht an: „Wie kommst Du denn darauf?" fragte er.

„So halt" antwortete Stempfle und zuckte gleichgültig mit den Schultern.

Dr. Granda trommelte nervös mit den Fingern auf den Tisch. Es war allgemein bekannt, wie sehr er es missbilligte, wenn er in seinem Vortrag unterbrochen wurde. Er schaute demonstrativ auf seine Uhr. Als endlich alle Augenpaare wieder auf ihn gerichtet waren, setzte er seinen Bericht fort, wobei in seiner Stimme ein Ton gekränkter Eitelkeit mitschwang:

„Ich wurde unterbrochen. Meine Zeit ist allerdings begrenzt. Deshalb lasse ich die technischen Details jetzt mal beiseite. Die könnt Ihr in meinem schriftlichen Bericht nachlesen, wenn Ihr wollt. Ich komme nun zu meinem vorläufigen Fazit: Gestorben ist Moritz Harlander an den tiefen Stichverletzungen, die ihm der Täter zugefügt hat. Insgesamt fünf Stiche in den Brustkorb und Bauchraum."

„Da war viel Hass und Wut im Spiel."

Kommissar Schwerdtfeger, der sich von Dr. Grandas Befindlichkeiten nicht beeindrucken ließ, nickte dem Pathologen kurz zu und fuhr dann fort: „Wie ich eingangs referiert habe, starb der junge Mann, nachdem wir am Tatort eingetroffen waren. Deshalb die Frage an Sie, Dr. Granda: Hätte das Opfer eine Überlebenschance gehabt, wenn der anonyme Anrufer sofort den Notarzt verständigt hätte?"

Da der Pathologe nur fragend die Augenbrauen hob, sah sich Kommissar Schwerdtfeger genötigt, seine Frage näher zu erläutern:

„Aus dem Notruf-Protokoll ist ersichtlich, dass der anonyme Anrufer, der ja ganz offensichtlich den schwerverletzten Moritz Harlander in der Johanneskirche am Feuersee gesehen haben muss, uns erst verständigt hat, als er sich in Ostheim befand, das sind mindestens dreißig Minuten später."

Dr. Granda stieß hörbar die Luft aus:

„Woher wissen Sie ...."

„Handyortung!"

Der Pathologe überlegte einen Augenblick, bevor er antwortete:

„Schwer zu sagen. Die Verletzungen waren lebensbedrohlich. Da zählt jede Minute. Vielleicht hätte er es noch schaffen können. Vielleicht."

Ein oder zwei Minuten herrschte betroffenes Schweigen.

Schließlich wandte sich Kommissar Schwerdtfeger an Sebastian Mayer:

„Hat die Spurensicherung schon verwertbare Spuren gefunden?"

Der Kriminaltechniker klappte seinen Laptop auf und warf einen kurzen Blick auf den Bildschirm:

„Nein. Wir konnten weder am Tatort noch in der unmittelbaren Umgebung die Tatwaffe finden. Wir suchen aber noch die Gegend um den Feuersee ab. Die Blutspuren werden noch ausgewertet. In der Wohnung des Opfers haben wir ebenfalls die Spuren gesichert und den Computer, Laptop und jede Menge Papier, zum Teil auch Noten mitgenommen. Die Auswertung wird allerdings eine Zeitlang dauern. Gleiches gilt für die Überprüfung der Telefonliste. Moritz Harlander scheint ein sehr kommunikativer und gut vernetzter Typ gewesen zu sein."

Kommissar Schwerdtfeger, der mit seinen Gedanken bereits woanders war, nickte zerstreut:

„Gut. Du informierst mich, sobald es etwas Neues gibt."

„Damit kann ich jetzt schon dienen. Mir ist da nämlich etwas aufgefallen. Moritz Harlander hatte in den letzten Wochen einen intensiven E-Mailverkehr mit einem Sachverständigen für Musik-Handschriften in Leipzig. Bei dem Vorgang handelt es sich um die Erteilung eines Auftrags, eine Expertise über historische Originalnotenblätter zu erstellen, die im Besitz von Moritz Harlander waren, und die vielleicht von Johann Sebastian Bach stammen. Die E-Mails geben aber keinen konkreten Hinweis darauf, wie er an die Noten gekommen war."

Kommissar Schwerdtfeger stieß einen lang gezogenen Pfiff aus.

„Das ist ja hochinteressant! Und wir wissen nicht, wie die Dokumente in den Besitz von Moritz Harlander gelangt sind?"

Sebastian Mayer schüttelte den Kopf.

„Vielleicht hat er sie in einer alten Kirche gefunden – in der Krypta oder im Turm", witzelte Udo Stempfle lahm.

„Möglicherweise", bemerkte Cornelia Marquardt. „Er könnte

sie aber auch in einem Kirchenarchiv gefunden haben. Ich habe da einmal etwas …"

„Aber …", fiel ihr Sebastian Mayer ins Wort, „dann hätte er die Noten gestohlen."

„Nun, wir müssen natürlich alle Möglichkeiten in Betracht ziehen. Gehe ich recht in der Annahme, dass die Notenblätter bislang nicht gefunden wurden?"

„Ja, leider."

Kommissar Schwerdtfeger runzelte nachdenklich die Stirn.

„Das hat jetzt oberste Priorität. Dreht alles in seiner Wohnung noch einmal um. Und befragt seine Eltern oder seine Verlobte. Vielleicht haben die eine Ahnung, wo er seine wichtigen Unterlagen aufbewahrt hat."

„Vielleicht hatte er ein Schließfach, bei der Bank oder in der Hochschule", warf Cornelia Marquardt ein.

„Auch das ist eine Möglichkeit. Wir müssen auf jeden Fall so schnell wie möglich herausfinden, wo sich diese – allem Anschein nach - wertvollen Notenblätter befinden."

Kommissar Schwerdtfeger räumte seine Unterlagen zusammen. Er hatte noch einen Termin. Im Stillen dachte er an die letzten Worte des Verstorbenen. Vielleicht hatte er sich doch nicht verhört und der Mord hatte etwas mit diesen alten Noten zu tun.

Schon im Aufstehen begriffen, wandte er sich noch einmal an Udo Stempfle:

„Udo, Du kümmerst Dich bitte um den „Verein der Freunde der Stuttgarter Kirchenmusik" und seinen Vorsitzenden Alfred Schmidhuber. Da scheinen, wie ich eingangs berichtet habe, Gerüchte im Umlauf zu sein, dass es bei den Abrechnungen des Vorsitzenden zu Unregelmäßigkeiten gekommen ist. Erkundige Dich bei den anderen Vorstandsmitgliedern, dem Umfeld von Schmidhuber und na-

türlich auch beim Finanzamt. Das ganze Programm eben."
Udo Stempfle nickte mürrisch:
„Soll ich das alles etwa allein machen?" knurrte er unwillig.
„Ja, und zwar presto. Der Vorsitzende ist bislang unser einziger Tatverdächtiger. Wir müssen auch herausfinden, ob der Mörder und der anonyme Anrufer ein und dieselbe Person sind."
Er wandte sich noch einmal an Sebastian Mayer:
„Kümmerst Du Dich bitte um die richterliche Verfügung, damit wir so schnell wie möglich den Namen des Handybesitzers erfahren. Und mache ruhig Druck. Er ist ein wichtiger Zeuge, wenn nicht sogar mehr."
„Geht in Ordnung!"
„Glauben Sie denn nicht, dass der Anrufer auch der Mörder ist?" warf Cornelia Marquardt ein.
„Es kann sein, aber es muss nicht sein. Der anonyme Anrufer kann Moritz Harlander zufällig gefunden haben. Wobei es völlig unverständlich ist, warum er nicht sofort den Notarzt gerufen, sondern sich damit so lange Zeit gelassen hat."
„Und was macht Ihr", maulte Stempfle.
„Cornelia und ich gehen in die Musikhochschule. Vielleicht wissen die etwas über die alten Notenblätter. Sebastian, du schickst mir sobald wie möglich die Kontaktdaten des Gutachters."
„Wir wollten auch noch mit dem Exfreund von Simone sprechen", warf Cornelia Marquardt ein.
„Das machen wir morgen. Wie heißt der eigentlich?"
„Clemens – mehr weiß ich auch nicht."
„Die Verlobte soll Dir den Namen und die Adresse geben."
Kommissar Schwerdtfeger stand auf:
„Wir treffen uns morgen wieder um 9 Uhr zur Besprechung."

VII.

Sie saßen im Wohnzimmer und Maria servierte Kaffee mit selbstgebackenen Keksen. Es war ein heller freundlicher Raum mit einer Terrassentür, die auf einen gepflegten Garten hinausging. Dahinter sah man die Felder einer Baumschule.

Es gab ein Klavier, ein paar Bücherregale und dicke Vorhänge, die im Winter vor die Türen gezogen wurden. Die Möbel waren behaglich. Maria und Helmut Harlander saßen nebeneinander auf dem Sofa.

Fanny Hofreiter stand am Fenster und schaute hinaus. Sie blickte in den Garten hinunter, aber sie war mit ihren Gedanken viel zu beschäftigt, um wirklich aufnehmen zu können, was sie sah. Schließlich setzte sie sich in einen bequemen Sessel und knetete nervös ihre schmalen Hände. Ihr Gesicht war sehr blass.

„Was für eine furchtbare Tragödie", flüsterte sie immer wieder und schaute dabei zu Maria und Helmut Harlander hinüber, die auf dem gegenüberliegenden Sofa saßen und sich fest an den Händen hielten.

Der Schmerz, der im Raum lag, drohte ihnen den Atem zu nehmen. Maria Harlander schluchzte hin und wieder auf, was ihren Mann dazu veranlasste, ihre Hand nur noch fester zu halten.

Die Stille war beklemmend.

Schließlich nahm Fanny Hofreiter ihren ganzen Mut zusammen und fragte behutsam:

„Weiß die Polizei denn schon, was genau passiert ist?"

Helmut Harlander holte tief Luft:

„Der Kommissar, der übrigens sehr nett war, ..."

„Wie heißt er denn?" fiel ihm Fanny Hofreiter aufgeregt ins Wort.

„Schwerdtfeger, glaube ich."

Fanny Hofreiter seufzte tief auf.

„Das ist gut. Dann liegt der Fall in guten Händen. Ich kenne Kommissar Schwerdtfeger persönlich. Er ist der Freund meiner Tochter."

„Ach!" flüsterte Maria Harlander.

„Also," fuhr Helmut Harlander mit gepresster Stimme fort, „sie wissen, dass unser Junge wahrscheinlich mit einem Mann gekämpft hat. Und dann hat dieser ihn mit einem Messer erstochen ...."

Er brach ab. Sein ohnehin blasses Gesicht wurde aschfahl.

Maria Harlander verzog entsetzt das Gesicht und hielt sich die zitternde Hand vor den Mund.

„Grundgütiger", murmelte Fanny Hofreiter, „wie furchtbar."

Es dauerte einen Moment, bis sie die volle Tragweite der Informationen erfasst hatte.

Schließlich rief sie entsetzt aus:

„Aber wer um Gottes willen kann das gewesen sein?"

Helmut Harlander öffnete den Mund ein paar Mal und schloss ihn wieder, ohne dass ein Wort herausgekommen war. Für einen Augenblick sah es so aus, als wollte er in Tränen ausbrechen.

„Das hat der Kommissar uns auch gefragt," sagte er schließlich mit brüchiger Stimme. „Uns ist dann nur unser Vorsitzender eingefallen. Wie Du weißt, hatte Moritz mit ihm einen großen Streit."

„Ja," sagte Fanny Hofreiter nachdenklich, „davon habe ich gehört. Worum ging es eigentlich bei diesem Streit?"

„Das wissen wir leider nicht. Moritz war in diesen Dingen immer sehr verschlossen. Und er wollte uns nicht damit belasten, weil er doch wusste, wie gern wir im Verein mitarbeiten. Aber wir haben uns natürlich auch unsere Gedanken über Alfred Schmidhuber gemacht. Da wurde doch manches hinter vorgehaltener Hand gemunkelt."

„Das stimmt", erwiderte Fanny Hofreiter. „Und es ist auch so, dass ich nicht behaupten könnte, jemals einen besonders positiven Eindruck von ihm gehabt zu haben."

„Aber er ist doch kein Mörder!!"

„Vielleicht ist der Streit eskaliert ….."

Im Geiste notierte sich Fanny Hofreiter das Gesagte, das vielleicht von Bedeutung sein konnte. Behutsam lenkte sie dann das Gespräch in eine andere Richtung:

„Wie geht es Simone? Wie kommt sie mit dieser Tragödie zurecht?"

„Sie ist sehr tapfer", antwortete Maria Harlander mit tonloser Stimme. „Bis ihre Wohnung von der Polizei wieder freigegeben wird, wohnt sie bei uns. Das ist auch für uns eine große Stütze. Sie hilft uns sehr. Wir trösten uns gegenseitig. Auch Clemens ist jetzt immer wieder bei ihr."

„Wieso Clemens?" fragte Fanny Hofreiter überrascht.

„Nun, er war ja früher, also vor Moritz Simones Freund. Und …"

„Ja, ich weiß. Und ich weiß auch, wie entsetzlich eifersüchtig er war."

„Das stimmt schon. Aber jetzt hat er sich gefangen und steht Simone so gut es eben geht bei. Das entlastet uns sehr."

„So, so …", sagte Fanny Hofreiter gedehnt. „Ich würde gerne mit Simone sprechen, wenn das möglich ist."

„Ja, doch. Das ist eine gute Idee. Wir richten es ihr aus. Sie kann Dich morgen nach der Arbeit anrufen und dann könnt Ihr ein Treffen ausmachen. Wahrscheinlich tut es ihr gut, mit jemandem über das Unglück zu sprechen."

„Möglicherweise", antwortete Fanny Hofreiter kryptisch.

VIII.

Es war nicht so, dass er nicht gewusst hätte, was eine Obsession ist. Lange bevor Moritz ihm bei ihrem letzten Gespräch den Vorwurf gemacht hatte, dass er besessen sei von der Idee, mit Hilfe Künstlicher Intelligenz das Werk von Johann Sebastian Bach quasi fortzuführen, hatte er sich damit auseinandergesetzt. Hatte sich gefragt, ob er auch zu denjenigen gehört, die man besessen nennt.

Er starrte mit ausdruckslosen Augen vor sich hin. Er war in diesen ebenso berauschenden wie quälenden Erregungszustand gefallen, als er begriffen hatte, dass es möglich war, mit Hilfe von Mathematik bzw. Informatik Musik zu erschaffen, die von einem Originalstück eines großen Komponisten nicht mehr zu unterscheiden war. In den zahllosen Abenden und Nächten, die er allein in seinem Studentenzimmer zugebracht hatte, getrieben von dem Wunsch, einen Weg zu finden ....

Abrupt hielt er inne. Gedankenverloren wischte er seine schweißnassen Hände an seiner Jeans ab. Er spürte, wie die Angst langsam wieder in ihm hochkroch – bis sie sein Herz erreichte. Er atmete schwer. Mühsam erhob er sich aus seinem Schreibtischstuhl, setzte sich aber gleich wieder hin.

Ihm war schwindlig. Er brach ein Stück von seiner mittlerweile kalt gewordenen Pizza ab, die achtlos auf seinem Schreibtisch lag. Doch er wusste, dass er keinen Bissen hinunterbringen würde. Angewidert schmiss er die Pizza wieder auf den Pappteller. Dann zog er die Tastatur zu sich heran und tippte zum wiederholten Mal den Begriff „Obsession" ein.

Er starrte gebannt auf die Zeilen.

An dem Eintrag hatte sich nichts geändert:

„Als Obsession wird in der Psychologie eine mit Furcht verbundene Zwangsvorstellung- oder Handlung bezeichnet. Im engeren medizinischen und psychologischen Sprachgebrauch handelt es sich dabei um eine unangenehm bis quälend erlebte Zwangsvorstellung."

Ihn schauderte. Trotzdem las er weiter:

„Eine Obsession ist bildungssprachlich eine mit Besessenheit verfolgte Leidenschaft oder Fixierung auf ein bestimmtes Thema ...."

Plötzlich ergriff ihn kalte Wut. Er ging zum Fenster, um die kühle Nachtluft hereinzulassen. Gierig sog er sie ein.

Warum hatte Moritz ihn nicht verstanden? Warum? Sie hatten sich doch immer alles sagen können und hatten sich immer gegenseitig geholfen. Warum dieses eine Mal nicht?

Warum war sein Freund so aggressiv geworden?

Und warum hatte er selbst sich so gehen lassen?

Friedemann vom Stein zitterte am ganzen Körper.

„Nein", schrie er auf „ich bin nicht besessen! Ich wollte doch nur die Notenblätter ......"

Wie war es zu der Katastrophe in der Johanneskirche gekommen?

Er war in die Kirche gestürmt und ...

Plötzlich hielt er inne. Eine Erinnerung zuckte durch seine Gedanken - ein Bild, das er bislang verdrängt hatte.

IX.

Anton Merkle war mit seinen fast achtzig Jahren noch eine stattliche Erscheinung mit vollem weißem Haar und einer großen, scharfgeschnittenen Nase, die seinem Profil einen südländischen Anstrich gab. Er war seit ein paar Jahren Witwer, seine Kinder lebten nicht mehr in Stuttgart. Bereits während seines Berufslebens war er ehrenamtlicher Geschäftsführer der zu St. Anna gehörenden Sozialstation gewesen. Eine verantwortungsvolle Aufgabe, die er nach seiner Pensionierung weiter ausübte. Die große Leidenschaft in seinem Leben war aber das Orgelspiel gewesen. Als Jugendlicher hatte er stundenlang in der Kirche seiner Heimatgemeinde sitzen und dem Organisten bei seinem Spiel zuhören können. Später war er sein fleißiger und gelehriger Schüler geworden. Als er zum ersten Mal eine Messe an der Orgel begleiten durfte, stand für ihn fest, dass er Organist werden wollte. Doch es kam anders. Er erlernte einen kaufmännischen Beruf, der ihm und seiner Familie ein Auskommen sicherte. In seiner knapp bemessenen Freizeit aber spielte er auf der Orgel. Er gab zahlreiche Konzerte, die ihn mit der Zeit über seine Heimatstadt hinaus bekannt machten. Mit zunehmendem Alter war er jedoch kaum noch öffentlich aufgetreten. Stattdessen war er Gründungsmitglied des „Vereins der Freunde der Stuttgarter Kirchenmusik" geworden und hatte das Amt des Schatzmeisters übernommen.

Im Moment saß er auf einem unbequemen Stuhl im Besprechungszimmer im Gemeindesaal und knete seine Hände. Verstohlen blickte er zu Fanny Hofreiter hinüber, die ihm einen aufmunternden Blick zuwarf.

Nachdem sie vom Ehepaar Harlander die näheren Umstände zum Tod von Moritz Harlander erfahren hatte, hatte sie umgehend Kommissar Schwerdtfeger angerufen und ihn um ein Gespräch mit Anton Merkle gebeten.

„Anton, Du musst dem Kommissar alles sagen. Auch von Deinem Verdacht und dem Gespräch mit Moritz und vor allem von unserer letzten Sitzung", stieß sie atemlos hervor.

Anton Merkle druckste herum und nestelte an seiner Krawatte, die er extra für die Besprechung umgebunden hatte.

„Sie können ganz offen reden", ermunterte ihn nun auch Kommissar Schwerdtfeger, dem die Unsicherheit seines Gegenübers nicht verborgen geblieben war. „Der Inhalt unseres Gesprächs bleibt ganz unter uns. Sie müssen sich darüber keine Gedanken machen."

Anton Merkle stieß einen Seufzer der Erleichterung aus.

„Das ist mir ganz wichtig, Herr Kommissar. Ich meine die Vertraulichkeit. Denn ich will niemanden bei der Polizei beschuldigen ohne handfeste Beweise. Nur aufgrund von Vermutungen."

„Das ist auch richtig so", pflichtete ihm der Kommissar bei.

„Vielleicht war Frau Hofreiter in diesem Fall etwas zu voreilig", fügte Anton Merkle etwas hilflos hinzu und warf Fanny, die bei dieser Bemerkung sichtlich zusammenzuckte, einen entschuldigenden Blick zu.

Doch bevor sie antworten konnte, ergriff Kommissar Schwerdtfeger das Wort:

„Herr Merkle, machen Sie sich deshalb keine Gedanken." Und mit einem Augenzwinkern zu Fanny Hofreiter fuhr er fort: „Frau Hofreiter und ich kennen uns nun schon eine ganze Zeit. Und ich muss sagen, dass sie mir bei zwei Fällen wirklich wichtige Hinweise gegeben und damit bei der Auflösung mitgeholfen hat. Ihrer Spürnase kann man vertrauen."

Fanny Hofreiter, die ein solches Lob aus dem Mund des Kommissars nicht erwartet hatte, errötete leicht.

„Tut mir leid, Fanny." Anton Merkle griff nach ihrer Hand und hielt sie fest. „Aber für mich ist das alles neu und nicht einfach. Ich hatte anfangs so große Stücke auf Alfred Schmidhuber gehalten. Ich war begeistert, mit welchem Elan er den Verein aufgebaut und ihn in der Stuttgarter Musikwelt bekannt gemacht hat."

Fanny Hofreiter nickte zustimmend.

„Das weiß ich doch", flüsterte sie. „Deshalb ist es auch so schwer, wenn man auf einmal entdeckt, dass der Mensch, den man bewundert hat, auch Schwächen hat und Unrecht tut."

„Autoritär und jähzornig ist er aber immer schon gewesen", bemerkte Anton Merkle. „Das hat mir von Anfang an nicht gefallen."

Kommissar Schwerdtfeger, der das Gespräch wieder in die gewünschte Richtung lenken wollte, warf rasch eine Frage dazwischen:

„Wie kam es nun, dass Sie die finanziellen Unregelmäßigkeiten entdeckt haben und Ihr Verdacht auf Herrn Schmidhuber fiel?"

„Wie Sie wissen bin ich Schatzmeister des Vereins. Und ich nehme meine Aufgabe sehr genau. In einem Verein hat allgemein der Vorsitzende und der Schatzmeister eine Kontovollmacht. So ist es auch bei uns. Herr Schmidhuber kann also jederzeit Überweisungen oder Auszahlungen ohne Rücksprache mit mir vornehmen. Das hat er immer schon so gemacht und in den vergangenen Jahren gab es auch nichts zu beanstanden. Aber dann sind mir letztes Jahr bei der Kassenprüfung vor der Mitgliederversammlung Ungereimtheiten aufgefallen. Sie müssen wissen, unser Verein bekommt für die Projekte, vor allem Konzerte oder Musikwettbewerbe, die er durchführt, städtische und staatliche Fördergelder sowie private Spenden. Dieses Geld darf aber nur für die jeweilige Veranstaltung ausgegeben werden. Bei der Prüfung ist mir allerdings aufgefallen, dass von Herrn Schmidhuber Auszahlungen und Überweisungen getätigt wurden, die nicht eindeutig einem bestimmten Projekt zuzuordnen waren. Es handelte sich dabei um beträchtliche Summen."

Anton Merkle strich sich verlegen über das Kinn. „Es hat eine ganze Weile gedauert, bis ich überhaupt dahintergekommen bin, dass da etwas nicht stimmen kann."

„Haben Sie Herrn Schmidhuber darauf angesprochen?"

„Mehrfach!" rief Anton Merkle aus. „Aber er hat mich immer äußerst barsch abgewiesen und behauptet, es sei alles in Ordnung. Ich solle meine Nase nicht in Dinge stecken, die mich nichts angingen."

Seine Stimme zitterte vor Empörung.

Aus einer Intuition heraus fragte Kommissar Schwerdtfeger:

„Und dann ist eines Tages Moritz Harlander zu Ihnen gekommen?"

Anton Merkle schaute ihn überrascht an.

„Ja, das war vor ein paar Wochen. Er hat meinen Verdacht bestätigt und gesagt, er könne auch die Beweise liefern."

„Wie konnte er überhaupt auf den Verdacht kommen? Moritz hatte doch nichts mit den Finanzen des Vereins zu tun?"

„Das weiß ich nicht. Ich habe ihn gefragt, aber Moritz hielt sich bedeckt. Er meinte nur, er würde mir später alles genau erklären."

„Verstehe!" Kommissar Schwerdtfeger machte sich ein paar Notizen auf seinen Block.

„Aber er klang sehr überzeugend und ich hatte ja auch meine Vermutungen."

Anton Merkle verstummte plötzlich.

„Und dann", übernahm Fanny Hofreiter das Wort, „haben wir Alfred Schmidhuber bei der letzten Sitzung direkt auf die Gerüchte bzw. den Verdacht angesprochen. Es war fürchterlich. Er hat wie zu erwarten war alles abgestritten. Und er war auch strikt dagegen gewesen, dass Moritz das große Orgelkonzert spielt. Das hat uns dann doch sehr zu denken gegeben, vor allem, als wir dann erfahren haben, was mit Moritz passiert ist. Ich kann es mir zwar nicht vorstellen, dass Alfred Schmidhuber zu einer so entsetzlichen Tat in der Lage ist, aber im Zorn – da konnte er schnell die Beherrschung verlieren."

„Es ist nämlich so", warf Anton Merkle aufgeregt ein, „dass mir Moritz bei unserem Gespräch gesagt hat, dass er zunächst Alfred Schmidhuber zur Rede stellen will, bevor er den gesamten Vorstand über seinen Verdacht informieren würde."

Kommissar Schwerdtfeger blickte Anton Merkle fest in die Augen.

„Und das hat er genauso gesagt?"

„Ja, ganz bestimmt. Ich war aber viel zu aufgeregt, um ihn davon abzuhalten. Später habe ich Fanny alles erzählt und wir waren in großer Sorge."

„Vielleicht ist ihm das zum Verhängnis geworden", flüsterte Fanny Hofreiter.

„Vielleicht."

Kommissar Schwerdtfeger erhob sich und gab Fanny Hofreiter und Anton Merkle die Hand.

„Vielen Dank. Es war richtig, dass Sie mit mir gesprochen haben. Das hilft uns bei unseren Ermittlungen weiter."

An der Tür drehte er sich noch einmal um. Er wandte sich an Anton Merkle und fragte betont beiläufig:

„Wissen Sie zufällig noch etwas über alte, also historische Notenblätter, möglicherweise über eine Originalniederschrift von Johann Sebastian Bach, die Moritz gefunden hat."

Anton Merkle zuckte zusammen. Sein Kopf wurde rot und er hatte Mühe, ruhig zu bleiben. Nur zögerlich antwortete er:

„Ich fürchte ja, aber wenig. Moritz tat in dieser Angelegenheit sehr geheimnisvoll. Wenn ich ihn richtig verstanden habe, wollte er die Dokumente zunächst von einem Sachverständigen prüfen lassen. Danach hätte auch ich sie sehen dürfen."

Fanny Hofreiter schaute Anton Merkle neugierig und erstaunt an. Insgeheim ärgerte es sie, dass ihr Toni davon nichts erzählt hatte. Sie nahm sich vor, ihn bei nächster Gelegenheit über diese historischen Noten genauer auszufragen. In Gedanken formulierte sie schon die einzelnen Punkte.

„Haben Sie eine Vorstellung, wie wertvoll eine echte Handschrift von Johann Sebastian Bach ist?"

Anton Merkle schnappte nach Luft:

„Millionen, will ich meinen."

„Wissen Sie, wo Moritz Harlander das Dokument aufbewahrt hat?"

Anton Merkle schüttelte energisch seinen Kopf:

„Nein, ganz bestimmt nicht."

X.

Kommissar Schwerdtfeger warf beim Hinausgehen noch einmal einen Blick auf die Musikhochschule, die, wie er sich hatte sagen lassen, ein postmodernes Bauensemble von internationalem Rang war. Der Neubau war in den 1980er Jahren im Zusammenhang mit dem Erweiterungsbau der Stuttgarter Staatsgalerie entstanden und erst 2002 fertiggestellt worden. Vor allem der markante Turm beeindruckte ihn sehr.

Er öffnete die Wagentür und stieg in den Dienstwagen. Cornelia Marquardt nahm auf dem Beifahrersitz Platz.

In Gedanken war der Kommissar noch bei dem zurückliegenden Gespräch. Professor Ulrich Niederberger hatte eingangs darauf hingewiesen, dass die Hochschule mit insgesamt 11 Orgeln zu den für die Kirchenmusik und das konzertante Orgelspiel am besten ausgestattete Musikhochschule Deutschlands sei.

Zu seinem Schüler Moritz Harlander konnte der Professor allerdings erstaunlich wenig mitteilen, wie Schwerdtfeger missmutig konstatierte. Zwar hatte er sichtlich erschüttert immer wieder beteuert, dass Moritz Harlander ein sehr begabter Orgelspieler gewesen sei, der eine großartige Karriere vor sich gehabt hätte. Er habe aber keine Ahnung, warum der Student ermordet worden sei. Sicher gab es Neider, wie immer und überall. Daraus aber ein Mordmotiv abzuleiten, hielte er doch für sehr fragwürdig.

Auf Cornelia Marquardts Frage antwortete der Professor, dass sich Moritz Harlander sehr darüber gefreut habe, dass er wieder ausgewählt worden sei, das große Orgelkonzert zum Abschluss der

Bach-Woche zu spielen. Er empfehle daher, mit dem Organisator der Veranstaltung Kontakt aufzunehmen, vielleicht könne dieser ihnen mehr über Moritz Harlander sagen.

Kommissar Schwerdtfeger legte den Sicherheitsgurt an und startete den Wagen.

„Mach' bitte einen Termin mit diesem Organisator – wie heißt er gleich noch mal -"

„Hans-Christian Kessler"

„Also mit Herrn Kessler so bald wie möglich aus."

„In Ordnung."

Cornelia Marquardt tippte eine Notiz in ihr Smartphone.

„Ich habe in der Zwischenzeit mit dem Leiter des Bach Archivs in Leipzig, einem gewissen Lutz Sonnberger, gesprochen. Das war im Hinblick auf den Notenfund ein sehr interessantes und aufschlussreiches Gespräch."

Schwerdtfeger setzte den Blinker und fädelte sich in den Verkehr auf der Charlottenstraße Richtung Planie ein.

„Und, was hatte er zu berichten?"

Cornelia Marquardt sammelte kurz ihre Gedanken.

„Also zuerst einmal ein paar Fakten zu dem Archiv. Das Bach-Archiv wurde erst 1950 gegründet. Die zentrale Aufgabe ist die Erforschung von Leben und Werk von Johann Sebastian Bach und der weit verzweigten thüringisch-sächsischen Musikerfamilie vom 16. bis zum 19. Jahrhundert. Eine weitere Aufgabe besteht darin, Quellen zu erschließen sowie die Werkausgaben zu erarbeiten."

Cornelia Marquardt schaute kurz in ihr Handy Notizbuch, während Kommissar Schwerdtfeger leise über den zähfließenden Verkehr auf der Friedrichstraße fluchte.

„Zu dem Archiv gehört auch ein Forschungsinstitut, das ganz

interessante Sachen macht. Aktuell gibt es eine enge Zusammenarbeit mit verschiedenen Forschungseinrichtungen weltweit im Hinblick auf den Aufbau von „Bach digital" – und damit wird es spannend für uns."

„Inwiefern??"

„Das „Bach digital" ist eine detaillierte und umfassende Datenbank mit Digitalisaten zu Werken und Quellen Johann Sebastian Bachs und der gesamten Bach-Familie. „Bach digital" bietet Zugang zu den Werken mit Informationen zur Entstehung und Überlieferung. Und unter dem Titel „Bach Expedition" wird versucht, in einer groß angelegten Aktion Bach-Quellen nicht nur in Mitteldeutschland aufzuspüren."

„Aha, klingt interessant", brummte Schwerdtfeger, der allerdings nur mit halbem Ohr zugehört hatte, da ihn der Verkehr auf der Heilbronner Straße stark in Anspruch nahm.

„Das Projekt startete 2002 mit der systematischen Erschließung von Bach-Dokumenten in sämtlichen 400 Städten des historischen Mitteldeutschlands. Nach abertausend durchgesehenen Aktenstapeln wurden erstaunliche Fundstücke zu Tage gefördert. Sie reichen von bedeutenden Dokumenten zur zeitgenössischen Bach-Rezeption bis hin" - ab hier las Cornelia Marquardt den Bericht, den sie auf ihrem Smartphone gespeichert hatte, laut vor: „… also bis hin zu spektakulären Autographen-Funden der Weimarer Bach-Arie „Alles mit Gott und nichts ohn' ihn" (BWV 1127), entdeckt im Mai 2005 sowie den frühesten Notenhandschriften Bachs, die öffentlich präsentiert wurden."

„Und was hat das Ganze mit unserem Fall zu tun?"

„Herr Sonnberger hat mir mitgeteilt, dass der Sachverständige Hartmut Fellner ein externer Berater und Mitarbeiter von „Bach digital" ist.

„Und an den hat sich Moritz Harlander wegen seinem Notenfund gewandt."

„Ja."

„Aber das wissen wir ja bereits. Wusste Herr Sonnberger ebenfalls von den Noten. So ein Fund lässt sich doch wohl kaum geheim halten. Die entsprechende Musikszene wird doch eher überschaubar sein. Da sickert schnell etwas durch."

Cornelia Marquardt schüttelte den Kopf.

„Nein, von dem Notenfund hat er offenbar nichts gewusst. Er war auf jeden Fall völlig überrascht, als ich ihn darauf angesprochen habe. Aber Herr Sonnberger hat mir noch etwas anderes Interessantes erzählt. Es gibt noch einen externen Berater, einen gewissen Friedemann vom Stein. Und dieser Berater wohnt nicht nur in Stuttgart, sondern ist auch – wie Herr Sonnberger bestätigt hat – Mitglied im gleichen Verein wie Moritz Harlander und war mit diesem befreundet."

Erwartungsvoll schaute Cornelia Marquart zu ihrem Chef hinüber.

Kommissar Schwerdtfeger runzelte die Stirn:

„Das bedeutet nichts anderes, als dass es noch eine Person gibt, die sehr wahrscheinlich von dem Notenfund wusste und damit natürlich auch ein Motiv gehabt hätte."

„Ja. Und da stellt sich mir doch folgende Frage: Fellner ist der Sachverständige, der die Notenblätter, die Moritz Harlander gefunden hat, begutachtet und bestätigt hat, dass es sich dabei sehr wahrscheinlich um ein autographes Manuskript von Bach handelt. Vielleicht hat er mit Friedemann vom Stein darüber gesprochen. Vielleicht haben die beiden sogar gemeinsame Sache gemacht."

Kommissar Schwerdtfeger bog auf den Parkplatz vor dem Präsidium ein.

„Inwiefern?"

„Vielleicht wollte Moritz Harlander das Manuskript zum Beispiel dem Bach Archiv geben, aber die beiden andern wollten es verkaufen. Und als Moritz nicht einwilligte, haben sie das Dokument gestohlen und Moritz umgebracht."

„Jetzt geht aber Deine Fantasie mit Dir durch. Dafür gibt es überhaupt keine Beweise. Inwieweit Friedemann vom Stein als Täter in Frage kommt, ist mir noch nicht klar. Im Moment hat nur der Vorsitzende vom Verein ein handfestes Motiv. Darauf sollten wir uns in erster Linie konzentrieren."

Sie stiegen aus dem Wagen.

„Allerdings", fügte Kommissar Schwerdtfeger nachdenklich hinzu, „hat Deine Spekulation etwas für sich. Es könnte auch so gewesen sein. Wir müssen unbedingt mit dem Sachverständigen sprechen. Sobald wie möglich."

XI.

Udo Stempfle knallte die Tür hinter sich zu.

Die Verwaltung des Gemeindezentrums von St. Anna hatte ihm den Raum zur Verfügung gestellt, nachdem sich herausgestellt hatte, dass mehrere Vorstandsmitglieder des „Vereins der Freunde der Stuttgarter Kirchenmusik" im Haus waren und er so nacheinander mit allen sprechen konnte, ohne dafür durch die halbe Stadt fahren zu müssen. Als er im Gemeindezentrum angekommen war, war der Schatzmeister des Vereins Anton Merkle allerdings nicht mehr anwesend, da er einen wichtigen Termin beim Finanzamt hatte wahrnehmen müssen. Er hatte jedoch mit dem Schriftführer und der 1. Beisitzerin des Vereins reden können. Das Ergebnis der Gespräche war allerdings gleich Null. Während der Schriftführer ihm kurz und knapp mitgeteilt hatte, dass er nichts Konkretes in Bezug auf den Verdacht gegen Alfred Schmidhuber sagen könne und dass alles, was er wisse, nur auf Hörensagen beruhe, hatte ihn die 1. Beisitzerin, eine gewisse Emilie Müller, nahezu zur Weißglut gebracht.

Aufgeregt war sie in das kleine Büro gestürmt, hatte ihm kurz mit spitzen Fingern die Hand gegeben und war dann in ihren wallenden Gewändern auf den bereitgestellten Stuhl gesegelt. Nervös spielten ihre spinnenartigen Hände mit den Knöpfen ihrer Strickjacke, die sie über ihr buntes Kleid gezogen hatte. Ihre Augen glitzerten vor Erregung als sie ohne Aufforderung anfing, ihre – wie sie sagte – Beobachtungen und Mutmaßungen mitzuteilen. Die Worte sprudelten nur so aus ihrem Mund und Udo Stempfle hatte alle Mühe, aus dem hingeworfenen Wortschwall irgendeine brauchbare

Information herauszufiltern. Völlig entnervt hatte er ihr am Ende einfach das Wort abgeschnitten und sie unwirsch verabschiedet.

In sein Notizbuch notierte er anschließend:

Beide Zeugenaussagen sind wenig brauchbar und ergeben nichts Neues. Beide bestätigen aber, dass Alfred Schmidhuber ein arroganter, aufbrausender Mensch sei, der es vorzieht, den Verein im Alleingang zu führen. Die Vorstandsmitglieder behandelt er wie Marionetten, die alles nur abzunicken haben. Bestätigt wurde auch, dass es auf der letzten Vorstandssitzung gekracht habe, als Schmidhuber sich wegen seiner „schlampigen" (harmlose Variante!!) Abrechnung zu rechtfertigen hatte.

Zu Moritz Harlander: Beide Zeugen können nichts Konkretes über den Streit zwischen Alfred Schmidhuber und Moritz Harlander aussagen. Frau Müller hatte nur das Gefühl/Empfindung (!!), dass es zwischen den beiden ordentlich gekracht habe. Der Grund dafür: Fehlanzeige.

Udo Stempfle ging zum Parkplatz und suchte kurz sein Auto. Er ärgerte sich immer mehr darüber, dass Kommissar Schwerdtfeger ihn mit diesem Teil der Ermittlungen betraut hatte. Solche Gespräche wie eben brauchte er kein zweites Mal. Und im Büro konnte er sich jetzt durch einen Berg von Computerausdrucken und Jahresabrechnungen und Bilanzen quälen, was genauso öde und langweilig war.

Er stieg in sein Auto und schlug die Tür laut zu.

Auf der Rückfahrt zum Präsidium überlegte er kurz, bei Jenny vorbeizufahren, verwarf den Gedanken aber sofort.

Seine Stimmung hatte einen absoluten Tiefpunkt erreicht.

XII.

Als sie die Wohnungstür öffnete, zuckte Fanny Hofreiter unwillkürlich zusammen.

„Oh mein Gott!" rutschte es ihr über die Lippen.

Vor ihr stand Simone, deren Gesicht eindeutig die Spuren einer durchweinten Nacht zeigte. Ihr Teint war blass, fast durchsichtig und die Ringe unter den Augen waren tief und dunkel.

Fanny Hofreiter hatte nach ihrem Besuch bei dem Ehepaar Harlander keine Zeit verstreichen lassen. Ihre Gedanken hatten sich an einem Punkt festgebissen und so erhoffte sie sich ein paar aufschlussreiche Erkenntnisse von einem Gespräch mit Simone. Deshalb hatte sie die Verlobte, die sie von mehreren Veranstaltungen kannte, sofort angerufen und sich mit ihr verabredet.

Anschließend war ihr flüchtig durch den Kopf gegangen, dass sie eigentlich Kommissar Schwerdtfeger darüber informieren müsste. Schließlich kannte sie ihn zwischenzeitlich so gut, um zu wissen, dass er in dieser Hinsicht keinen Spaß verstand. Da sie aber nicht zu Unrecht befürchtete, dass er ihr das Treffen schlichtweg verbieten würde, hatte sie ihr Gewissen mit dem Hinweis beruhigt, dass sie sich selbst zunächst darüber im Klaren sein musste, in welche Richtung die Dinge sich entwickelten. Anrufen konnte sie den Kommissar dann immer noch.

Im Moment beschäftigte sie ein Gedanke, der sie quälte, seitdem sie von der Ermordung von Moritz erfahren hatte. Es war kein klarer Gedanke, eher eine Ahnung oder ein Gefühl, das sie nicht in Worte fassen konnte. Doch es hatte den Anschein, dass sie vor einiger Zeit etwas erlebt hatte, über das sie sich damals vielleicht gewundert hatte, ihr aber dennoch belanglos erschien. Eine Sache, die aber im Lichte dieser grauenhaften Tat eine ganz andere Bedeutung gewann. Sie konnte sich partout nicht darauf besinnen, worum es seinerzeit gegangen war.

„Grüß Dich Simone, komm doch bitte herein. Ich freue mich, dass Du Zeit gefunden hast, mich zu besuchen. Ich habe den Tee schon zubereitet und auch etwas Gebäck besorgt."

Simone, die die ganze Zeit über stumm geblieben war, zog ihre Jacke aus und hängte sie über die Stuhllehne. Dann setzte sie sich hin und starrte Fanny Hofreiter ausdruckslos an.

„Ich weiß, ich sehe aus wie eine Vogelscheuche. Aber ich habe die ganze Nacht nicht geschlafen", flüsterte sie schließlich.

„Entschuldige, Simone, das ist mir vorhin nur so rausgerutscht. Es tut mir leid. Ich weiß doch, was für eine schreckliche Zeit Du gerade durchmachst. Was für eine Tragödie!"

Fanny Hofreiter schluchzte kurz auf, fasste sich aber sogleich wieder.

„Wenn ich Dir oder auch den Eltern von Moritz helfen kann, dann zögert nicht und lasst es mich wissen."

Sie reichte Simone eine Tasse Tee.

„Danke."

Während sie ihren Tee tranken, schwiegen sie beide, jede tief in Gedanken versunken.

Als sie schließlich ihr Anliegen vortrug, wählte Fanny Hofreiter sorgfältig ihre Worte:

„Simone, ich möchte Dich nicht unnötig quälen und bedrängen. Ganz bestimmt nicht. Es ist nur so, dass mich, seit ich von Moritz' Ermordung erfahren habe, ein Gedanke beschäftigt, der vielleicht Licht in das furchtbare Geschehen bringen könnte."

Simone hob erstaunt die Augen, sagte aber nichts.

„Ich weiß, es klingt verrückt. Aber ich bin sicher, dass ich vor einiger Zeit, wahrscheinlich bei einer Veranstaltung von unserem Verein, etwas gehört oder mitbekommen habe, an das ich mich im Moment bedauerlicherweise nicht erinnern kann, das uns aber möglicherweise in dem Fall weiterhelfen könnte."

„Ich verstehe kein Wort", sagte Simone tonlos. Danach verfiel sie wieder in Schweigen.

„Ich bitte um Entschuldigung", sagte Fanny Hofreiter, als sie Simones Reaktion sah. „Ich fürchte, ich habe manchmal Schwierigkeiten, mich klar auszudrücken. Vielleicht fange ich noch einmal von vorne an.

Sie sammelte kurz ihre Gedanken, bevor sie weiterredete: „Ich habe den Eindruck, dass ich vor einiger Zeit eine Beobachtung gemacht habe, die mir bis jetzt nicht wieder eingefallen ist. Also, mir ist nur eingefallen, dass ich etwas Wichtiges gesehen habe, aber ich weiß nicht mehr, um was für eine Begebenheit es sich dabei handelt. Trotzdem bin ich davon überzeugt, dass uns die Erinnerung daran helfen könnte, den Mörder zu finden. Gott weiß, es kommt mir selber vollkommen unglaublich vor, aber vermutlich ist es möglich ..."

Hier unterbrach Fanny Hofreiter ihren Redefluss und dachte lange nach, bevor sie weitersprach:

„Ich bin mir sicher, dass diese Begebenheit, von der ich sprach, nichts zu tun hat mit dem Verdacht, unter dem unser Vorsitzender Alfred Schmidhuber steht ......"

„Davon weiß ich gar nichts" fiel ihr Simone heftig ins Wort. „Das habe ich auch schon der Polizei gesagt. Moritz hat mir gegenüber nur eine vage Andeutung gemacht, weil er mich schützen wollte."

Tränen traten ihr in die Augen.
Fanny Hofreiter warf Simone einen besorgten Blick zu.
„Willst Du noch eine Tasse Tee?"
„Nein, danke."
Fanny Hofreiter stellte die Teekanne wieder ab.
„Mach Dir keine Sorgen, Simone. Der Verdacht gegen Schmidhuber interessiert mich im Moment nicht. Darüber habe ich mir schon meine eigenen Gedanken gemacht und sie mit Anton Merkle und dem Kommissar erörtert. Nein, es muss etwas anderes sein. Vielleicht kannst Du mir weiterhelfen. Ich habe in meinem Kalender nachgeschaut, wann ich Moritz das letzte Mal gesehen habe. Das war, glaube ich, beim Frühlingsfest. Erinnerst Du Dich?"
„Ich weiß nicht, ich kann mich nicht erinnern."
Simones Stimme klang kläglich.
„Dann will ich es anders versuchen. Gab es bei dem Fest irgendetwas, was Moritz mit Dir besprochen oder zur Dir oder jemand anderem gesagt hat, das jetzt – im Nachhinein gesehen – wichtig sein könnte."
Simone biss sich auf die Lippen und schwieg. Fanny Hofreiter betrachtete sie nachdenklich. Im hintersten Winkel ihres Bewusstseins machte sich ein seltsames Unbehagen breit.
„Bitte überlege genau", drängte sie. „Es könnte wirklich sehr wichtig sein."
Simone heftete ihren Blick starr auf die gegenüberliegende Wand, als ob sie von ihr eine Antwort erwarten würde. Schließlich gab sie sich einen Ruck. Ihre Stimme klang hektisch:
„Also ich weiß wirklich nicht, was Du von mir willst. Mir ist auch nicht danach zumute, darüber zu grübeln, welche Erinnerungen Dir entfallen sein könnten. Also …", Simone hielt kurz inne „… also vielleicht meinst Du das mit den alten Notenblättern, die

Moritz in einem Archiv gefunden hat. Er hat mir nur andeutungsweise davon erzählt. Ich musste ihm versprechen, dass ich mit niemandem darüber rede."

Simone mied Fanny Hofreiters Blick als sie trotzig hinzufügte: „Und das habe ich auch nicht getan."

„Ist schon gut, Liebes. Lassen wir das", erwiderte Fanny Hofreiter leichthin.

Ihr war soeben nämlich wieder eingefallen, um welche Begebenheit es sich gehandelt hatte.

XIII.

Udo Stempfle hatte sich aus dem Automaten, der neben den Aufzugstüren stand, einen neuen Kaffee geholt. Vorsichtig stellte er den heißen Becher auf seinem Schreibtisch ab. Er wusste nicht, der wievielte Kaffee es war und genauso wenig wusste er, ob er ihm helfen würde, den Tag zu überstehen.

Am Vormittag hatte er die neue Praktikantin gebeten, ihm alles Wissenswerte über den „Verein der Freunde der Stuttgarter Kirchenmusik" und speziell über seinen Vorsitzenden im Internet zu recherchieren und die Ausdrucke auf seinen Tisch zu legen. Zusammen mit den Unterlagen, die ihm das Finanzamt zur Verfügung gestellt hatte, hatte sich mittlerweile ein hoher Stapel aufgetürmt.

Udo Stempfle warf ihm einen müden Blick zu. Er setzte sich an seinen Schreibtisch und starrte missmutig auf sein Smartphone. Jenny hatte ihm natürlich nicht auf seine What's App geantwortet. Das war zu erwarten gewesen. Aber es tat trotzdem weh. Immer noch, obwohl sie ihn schon vor mehr als einem Monat verlassen hatte. Wegen so einem eingebildeten Schnösel, den sie beide vor einiger Zeit in der Disco kennengelernt hatten. Ihm war der Typ sofort suspekt gewesen, aber Jenny war auf ihn geflogen, wie all die anderen Mädchen.

Wieder überrollte ihn eine Welle der Eifersucht, die er kaum zügeln konnte. Es war, wie er sich eingestehen musste, zu hässlichen Szenen wegen seiner Eifersucht gekommen. Einmal wäre er Sven sogar an die Gurgel gegangen, wenn nicht andere Besucher der Diskothek ihn festgehalten hätten. Das hatte Jenny ihm nie verziehen. Aber …"

Gedankenlos hatte er am PC die Eingabemaske für die interne „Verbrecherkartei" hochgefahren. Er wusste, dass es strengstens untersagt war, die Datei für private Zwecke zu nutzen. Aber wenn Sven gespeichert war, dann konnte er Jenny vor ihm warnen und dann würde alles wieder so werden wie …

„Hallo Udo, kommst Du gut voran?"

Udo Stempfle zuckte zusammen. Dann drehte er sich wütend in Richtung Tür:

„Kannst Du nicht anklopfen", herrschte er Cornelia Marquardt an.

„Sorry! Aber offensichtlich warst Du so in Deine Gedanken vertieft, dass Du mein Klopfen nicht gehört hast."

Neugierig schaute sie auf den Bildschirm.

„Haben wir Alfred Schmidhuber schon in unserer Kartei?"

„Nein", antwortete Stempfle zerstreut. Rasch fuhr er das Programm herunter.

„Das war eine andere Recherche … Ach, es ist doch sowieso alles egal." Wütend warf er die Computermaus auf das Pad.

Sichtlich irritiert schaute Cornelia Marquardt ihren Kollegen an. Wenn das mit ihm so weiter geht, dachte sie, dann müssen wir uns wirklich Sorgen machen. Nachdenklich wanderte ihr Blick auf den Stapel von Ausdrucken, der auf Udos Schreibtisch lag. Sie zögerte kurz, bevor sie sich in einen unbekümmerten Ton flüchtete:

„Musst Du das alles noch bis zur Teamsitzung durcharbeiten?"

„Ja". Es war mehr ein Knurren als eine Antwort.

„Wenn wir uns den Stapel teilen, dann werden wir bis zur Teamsitzung fertig. Einverstanden?"

„Okay."

„Und danach gehen wir auf ein Bier in Deine Stammkneipe."

XIV.

Alfred Schmidhuber saß senkrecht in seinem Bett. Sein Herz raste und er hatte alle Mühe, nicht laut zu schreien. Ein fürchterlicher Albtraum hatte ihn aus dem Schlaf gerissen. Er schielte kurz zu seiner Frau hinüber, die jedoch nur ein kurzes Grummeln von sich gab und wieder einschlief.

An den Traum konnte er sich nicht mehr erinnern, wohl aber an den gestrigen Tag, der ihm auch jetzt noch als ein einziger Albtraum erschien.

Alfred Schmidhuber tastete nach dem Wasserglas, das auf seinem Nachttisch neben dem Bett stand und trank es in einem Zug leer.

Die Ereignisse fingen an sich zu überschlagen. Und sein Gefühl, im Treibsand zu versinken, wurde von Stunde zu Stunde stärker. Wie hatte das passieren können. Ab wann war ihm die Sache aus den Händen geglitten.

Schweiß trat ihm auf die Stirn.

Er war sich so sicher gewesen, so sicher, dass er alles ….

Ein neuer Gedanke traf ihn wie ein Schlag. Heiße Wellen von Wut schlugen in ihm hoch.

Wer hatte ihn bei der Polizei hingehängt? Wer von denen war es gewesen? Im Geist ging er seine Vorstandsmitglieder der Reihe nach durch und ein säuerlicher Zug spielte um seine Lippen.

Möglicherweise der korrekte und pingelige Anton Merkle, der ihm bei der letzten Sitzung vor allen Mitgliedern so zugesetzt hatte. Oder diese entsetzliche Fanny Hofreiter, die immer schon ihre Nase in alles steckte.

Von Anfang an war dieser Argwohn durch seinen Kopf geschossen.

Aber, konnten die beiden auch von seinem Streit mit Moritz wissen? Er glaubte es nicht. Das wäre mit Sicherheit bei der letzten Sitzung zur Sprache gekommen. Absolut. Fanny Hofreiter zum Beispiel hätte es sich bestimmt nicht nehmen lassen, ihm den Streit und mehr noch den Grund für den Streit unter die Nase zu reiben. Nein, davon hatten sie Gott sei Dank keine Ahnung.

Er war sich so sicher gewesen, dass niemand seine Auseinandersetzung mit Moritz Harlander mitbekommen hatte. Bis heute. Aber jetzt, nach allem, was geschehen war, war er sich auf einmal nicht mehr sicher.

Was wäre, wenn doch jemand ...

Energisch scheuchte er den Gedanken beiseite.

Er hatte sich bereits wieder hingelegt, als ein neuer schrecklicher Verdacht ihn wieder in die Höhe trieb. Hatte er auch wirklich alle Spuren sorgfältig beseitigt?

Er sprang mit einem Satz aus dem Bett und eilte in sein Arbeitszimmer. Mit zittrigen Händen fuhr er den Laptop hoch und gab ein paar Befehle ein.

Dann starrte er wie gebannt auf den Bildschirm.

Ein Schauer lief ihm eiskalt über den Rücken als er entdeckte, was er zu löschen vergessen hatte.

XV.

Kommissar Schwerdtfeger war auf dem Weg ins Präsidium. Ein Blick auf die Uhr sagte ihm, dass er es nicht rechtzeitig zu seinem Termin mit dem Staatsanwalt schaffen würde, wenn sich der morgendliche Verkehrsstau in der Birkenwaldstraße nicht zügig auflösen würde.

Ungeduldig trat er auf die Bremse.

Es war gestern Abend spät geworden. Er hatte sich mit Marlene noch in einem seiner Lieblingslokale, dem „Stuttgarter Stäffele", einem traditionellen schwäbischen Restaurant in der Nähe vom Feuersee getroffen und wie immer zwei Fleischküchle mit Kartoffelsalat gegessen und zwei Viertel Trollinger getrunken.

Die Treffen mit Marlene waren unter der Woche eher eine Seltenheit und so war es nicht erstaunlich, dass er erst weit nach Mitternacht ins Bett gekommen war. Marlene hatte sich ausführlich nach seinem neuen Fall erkundigt und ihm nach einigem Hin und Her erzählt, dass sich ihre Mutter nicht nur mit den Eltern des Mordopfers, sondern auch mit der Verlobten Simone getroffen hatte. Sie habe es beiläufig in einem Telefonat erwähnt.

„Ich fasse es nicht. Geht das jetzt schon wieder los, dass Deine Mutter sich in meine Ermittlungen einmischt", hatte er Marlene barsch angefahren. Als er jedoch ihren missbilligenden Blick sah, hatte ihm seine schroffe Reaktion gleich wieder leidgetan.

Kommissar Schwerdtfeger gab etwas Gas, musste aber sofort wieder bremsen. Er trommelte nervös mit den Fingern auf das Lenkrad.

Während er wartete, nahm er seinen Gedanken wieder auf. Zugegeben, das Gespräch mit Anton Merkle, dem Schatzmeister dieses Freundeskreises für Kirchenmusik, das Fanny Hofreiter völlig eigenmächtig arrangiert hatte, war interessant gewesen. Auch wenn er zunächst ziemlich verärgert war, hatte er am Ende auch aus dem pragmatischen Grund nachgegeben, dass sie am Anfang einer Mordermittlung immer darauf angewiesen waren, so viel Informationen wie möglich aus dem Umfeld des Mordopfers zu erhalten. So gesehen waren die Ausführungen von Anton Merkle sehr aufschlussreich gewesen. Für ihn stand Alfred Schmidhuber zurzeit ganz oben auf der Liste der Verdächtigen. Er hatte ein starkes Motiv, Verdeckung einer Straftat, und mit Sicherheit auch die Gelegenheit gehabt.

Hier wurde sein Gedankengang durch die Überlegung unterbrochen, ob es eine gute Entscheidung war, Udo Stempfle mit diesem Teil der Ermittlungen zu betrauen. Ihm war seine Reaktion darauf nicht verborgen geblieben. Auf der einen Seite stand zwar außer Frage, dass Udo mittlerweile so weit war, dass er eine Ermittlung selbstständig durchführen konnte. Auf der anderen Seite aber war es selbst ihm, der zu seinen Teamkollegen ein eher distanziertes Verhältnis hatte, aufgefallen, dass mit Udo irgendetwas nicht stimmte. Er wirkte stets abwesend, mürrisch und war alles andere als zuverlässig. Den vagen Andeutungen Cornelia Marquardts zufolge hatte der arme Kerl richtigen Liebeskummer.

Kommissar Schwerdtfeger verzog das Gesicht. Er kannte das Gefühl nur zu gut. Energisch scheuchte er die trüben Gedanken beiseite.

„Tempi passati! Gott sei Dank! Aber mit Udo werde ich doch noch mal reden müssen."

In der Zwischenzeit hatte sich der Stau in der Birkenwaldstraße aufgelöst und Kommissar Schwerdtfeger bog zügig in die Türlenstraße ein.

Er nahm seinen Gedanken erneut auf. Es gab noch einen zweiten Grund, weshalb Udo Stempfle die Ermittlungen zu Alfred Schmidhuber allein führen sollte.

Kommissar Schwerdtfeger runzelte nachdenklich die Stirn.

Es gab da eine Sache, die ihm nicht aus dem Kopf ging. Was hatte ihm Moritz Harlander kurz bevor er starb ins Ohr geflüstert? War es das Wort „Bach"? Und wenn ja, was wollte er damit sagen? Das Naheliegendste bei einem Orgelspieler, so sollte man meinen, war es in der Tat, bei dem Wort „Bach" nicht an einen kleinen Fluss, sondern an den Komponisten Johann Sebastian Bach zu denken. Aber, wenn dem so war, was konnte er damit gemeint haben? Warum war der Komponist dem Sterbenden so wichtig, dass er ihn mit seinen letzten Worten erwähnte. Oder hatte Moritz Harlander nicht den Komponisten, sondern die Notenblätter gemeint, die er gefunden hatte und die möglicherweise von Bach stammten? Bislang hatten sie das Dokument nicht gefunden. Verbarg sich dahinter ein neues Motiv? Raubmord? Aber wer kam dafür in Frage?

Sebastian Mayer hatte ihn bereits am frühen Morgen mit der Nachricht überrascht, dass es sich bei dem anonymen Anrufer um Friedemann vom Stein handelte. Er konnte es nicht fassen. Was in aller Welt war nur in dem jungen Mann vorgegangen, als er seinen sterbenden Freund einfach hatte liegenlassen. Für so ein herzloses Verhalten gab es eigentlich nur einen Grund: dass der Freund auch der Mörder war. Ein reuiger Mörder sozusagen, den sein schlechtes Gewissen eine halbe Stunde später dazu getrieben hat, doch noch Hilfe zu holen. Für ihn stand Friedemann vom Stein ebenfalls ganz oben auf der Liste der Hauptverdächtigen. Sie mussten so schnell wie möglich mit ihm reden. Darum sollte sich Sebastian Mayer kümmern. Vielleicht hatte Friedemann vom Stein auch die historischen Notenblätter gestohlen. Oder er hatte tatsächlich, wie Cornelia spekuliert hatte, mit dem Sachverständigen Fellner gemeinsame Sache gemacht.

Die Ermittlungen nahmen auf einmal an Fahrt auf. Er musste unbedingt so schnell wie möglich nach Leipzig fahren.

Kommissar Schwerdtfeger trat aufs Gaspedal.

Es gab eine ganze Menge zu tun.

XVI.

Udo Stempfle setzte sich auf den freien Platz neben Cornelia Marquardt, die in ihre Unterlagen vertieft war und nur kurz nickte. Verstohlen schob er ihr eine kleine Geschenkschachtel Schokolade hin. Cornelia sah ihn erstaunt an:
„Sind die für mich?"
„Ja, wegen gestern. Als kleiner Dank."
Verlegen nestelte Udo Stempfle an seinem offenen Hemd. Er wirkte zum ersten Mal seit Tagen ausgeschlafen und hatte sich sogar rasiert.
„Was war den gestern?" fragte Sebastian Mayer neugierig. Er hatte auf der anderen Seite des Besprechungstisches Platz genommen und angelte sich eine Butterbrezel, die die Sekretärin von Kommissar Schwerdtfeger, Clara Huber, bei Teamsitzungen immer auf den Tisch stellte.
Als Udo Stempfle nicht reagierte, fügte er spöttisch hinzu: „Ist mir da etwas Wichtiges entgangen?"
Er blickte seinen Kollegen erwartungsvoll an.
„Das wirst Du schon noch früh genug erfahren", antwortete Udo Stempfle barsch.
„Oh!" Sebastian Mayer rümpfte die Nase. „Haben wir heute wieder schlechte Laune."
Doch bevor Stempfle antworten konnte, betrat Kommissar Schwerdtfeger den Besprechungsraum.
„Guten Morgen zusammen."
Er setzte sich hin und blickte ernst in die Runde:

„Gut. Fangen wir gleich an. Sebastian hat mich heute Morgen angerufen und mir mitgeteilt, dass unser anonymer Anrufer Friedemann vom Stein ist. Er war offensichtlich mit dem Mordopfer befreundet. Und – das hat Cornelia Marquardt vom Leiter des Bach-Archivs in Leipzig, einem Herrn Sonnberger, erfahren – er war ebenso wie unser Gutachter ein externer Berater von „Bach digital". Damit dürften wir mit der Vermutung, dass auch er von dem Notenfund gewusst hatte, nicht ganz falsch liegen."

„Heiliger Strohsack!" entfuhr es Stempfle. „Und der lässt seinen Freund einfach liegen und sterben?"

Kommissar Schwerdtfeger nickte.

„Ja, das Verhalten von Friedemann vom Stein gibt große Rätsel auf. Es sei denn, er ist der Mörder. Hast Du ihn telefonisch erreicht?"

Schwerdtfeger wandte sich an Sebastian Mayer.

„Nein! Ich versuche ständig, ihn auf dem Handy zu erreichen, aber es ist abgeschaltet. Ich bleib aber dran."

„Auf jeden Fall. Hast Du sonst noch etwas über ihn erfahren?"

„Ja, im Rechner von Moritz Harlander habe ich einiges gefunden. Ich konnte aber noch nicht alles auswerten."

Er verteilte Kopien an seine Kollegen. „Zunächst nur so viel. Wie es aussieht, waren die beiden sehr gut befreundet. Sie haben sich in einem Schachclub kennengelernt und festgestellt, dass sie sich auch beide für die Musik von Bach interessieren. Moritz Harlander war ja, wie bekannt, Musiker und Orgelspieler. Und Friedemann vom Stein ist Mathematiker und Informatiker und beschäftigt sich wohl vor allem mit KI."

„Mit was?" fragte Schwerdtfeger dazwischen.

„Sorry, mit Künstlicher Intelligenz. Wenn ich seine E-Mails an Moritz Harlander richtig verstehe, dann entwickelt er zurzeit im Rahmen eines Promotionsprojektes ein Programm für KI, das ziemlich spannend klingt. Mehr kann ich Euch im Moment noch nicht sagen. Moritz Harlander hat zu seinem Freund einen Dateiordner angelegt, der ziemlich umfangreich ist. Da muss ich mich erst noch durcharbeiten."

„In Ordnung. Aber kannst Du jetzt schon sagen, ob die beiden auch Streit miteinander hatten. Über die Notenblätter zum Beispiel?"

„Ja, darauf wollte ich gerade noch kommen. In letzter Zeit schien irgendetwas ihre Freundschaft ziemlich belastet zu haben. Aber was, weiß ich noch nicht. Die E-Mails bleiben da sehr vage. Es ist aber immer wieder von Missverständnis und Vertrauensbruch die Rede. Offensichtlich haben sie den Konflikt eher mündlich ausgetragen. Und jetzt wird es wirklich spannend….."

Sebastian Mayer machte eine kleine Pause, um die Spannung noch weiter zu steigern. Als er jedoch Schwerdtfegers ungeduldigen Blick auffing, beeilte er sich und ließ die Bombe platzen:

„Die letzte Aussprache sollte genau an dem Tag stattfinden, an dem Moritz Harlander ermordet wurde."

Im ersten Moment waren alle sprachlos. Kommissar Schwerdtfeger fand als erster seine Sprache wieder:

„Das ist ja außerordentlich aufschlussreich!" nickte er anerkennend. „Damit haben wir ein zweites Motiv für den Mord."

„Heißt das," fragte Cornelia Marquardt aufgeregt dazwischen, „dass wir davon ausgehen können, dass es bei dem Streit zwischen Moritz Harlander und Friedemann vom Stein um die historischen Notenblätter ging, die Moritz Harlander gefunden hat?"

„Also, soweit ich das bis jetzt überblicke, können wir davon ausgehen, dass die Notenblätter der Grund des Streits waren."

„Inwiefern denn?" fragte Udo Stempfle.

„Nach Moritz Harlander hat die Expertise von Fellner ergeben, dass die Wahrscheinlichkeit, dass die Notenblätter von Bach stammen, ziemlich hoch ist. Über 90 Prozent. Aber es sind nur lose Blätter und keine fertige Komposition. Der Streit entbrannte dann darüber, dass Moritz Harlander überlegte, die Notenblätter ins Bach-Archiv zu geben, während Friedemann vom Stein aus den Bruchstücken mit Hilfe von KI die Komposition von Bach vollenden wollte."

„Geht das denn?" hakte Stempfle erstaunt nach.

„Ja, aber um das zu erklären müsste ich jetzt weit ausholen …."

„Das verschieben wir auf ein anderes Mal", fiel ihm Kommissar Schwerdtfeger ins Wort. „Entscheidend ist, dass wir damit ein zweites Motiv für den Mord haben. Wir müssen unsere Ermittlungen also weiter ausdehnen. Sebastian, Du weißt, was Du zu tun hast. Wir benötigen sämtliche Informationen über den Streit zwischen den beiden Freunden. Und bitte versuche weiterhin, Friedemann vom Stein zu erreichen. Ich möchte so schnell wie möglich mit ihm sprechen."

„Okay! Und wenn ich ihn weiterhin nicht erreiche?"

„Wenn es Dir bis morgen nicht gelingt, mit ihm Kontakt aufzunehmen, dann schreibe ihn zur Fahndung aus."

Kommissar Schwerdtfeger machte sich eine kurze Notiz in sein Notebook.

„Und nun zu Dir, Udo. Was haben Deine Ermittlungen zu Alfred Schmidhuber ergeben?"

Udo Stempfle räusperte sich verlegen, bevor er mit seinem Bericht begann:

„Zuerst möchte ich sagen, dass mir Cornelia gestern bei der Auswertung des Materials geholfen hat, sonst wäre ich bis zur Teamsitzung nicht fertig geworden."

Kommissar Schwerdtfeger hob fragend die Augenbrauen und warf Cornelia Marquardt einen erstaunten Blick zu.

Sebastian Mayer feixte.

Udo Stempfle fuhr sich nervös durch die Haare und nahm dann stockend seinen Bericht wieder auf. Kommissar Schwerdtfeger fragte hier und da nach, seine Gedanken trifteten aber immer wieder ab. Schließlich riss er sich am Riemen. Er würde sich die Unterlagen nachher noch einmal in Ruhe anschauen, bevor Alfred Schmidhuber zur Vernehmung kam. Vielleicht hatte er davor noch kurz Gelegenheit, mit seinem Assistenten ein Wort zu reden.

„Gute Arbeit, Udo! Wir sehen uns nachher bei der Vernehmung. Und Cornelia, bitte organisiere meine Fahrt nach Leipzig. Sprich mit den Kollegen vor Ort und stell mir ein Dossier zusammen mit allem, was Du zu dem Sachverständigen Fellner und über das ganze Thema finden kannst."

Kommissar Schwerdtfeger erhob sich. Doch dann fiel ihm noch etwas ein: „Sebastian, habt Ihr die Noten gefunden?"

„Nein, noch nicht."

„Dann sucht weiter und dreht jeden Stein um."

XVII.

Hartmut Fellner war mit den Nerven am Ende.

In seinem Kopf herrschte ein einziger Wirrwarr. Plötzlich tauchte eine Erinnerung in ihm auf und obwohl die Dinge einen ganz anderen Verlauf einzuschlagen schienen, fragte er sich, ob es vielleicht möglich sei, dass er doch noch unbeschadet aus der ganzen Sache herauskommen kann.

Wie hatte er nur in eine so ausweglose Situation geraten können?

Er wischte sich mit der Hand über die Augen, als könne er damit die düsteren Ahnungen vertreiben.

Vergebens. Immer wieder malte er sich die verheerenden Konsequenzen aus, die zwangsläufig eintreten würden, sofern er heute eine falsche Entscheidung getroffen hatte. Aber was hätte er sonst tun sollen? Er war nicht mehr Herr der Lage.

Er taumelte leicht und seine Hände zitterten. Er lechzte nach einem Cognac. Nein, nicht jetzt. Er musste nüchtern bleiben und einen kühlen Kopf bewahren. Denn, wenn ihm jetzt auch noch diese Angelegenheit aus der Hand glitt, dann war er verloren.

Er warf sich auf einen Stuhl und zündete sich eine Zigarette an, während ihm die Gedanken durch den Kopf rasten. Von Anfang an war die Sache schiefgelaufen. Er hatte den jungen Studenten und seine Entschlossenheit falsch eingeschätzt und deshalb Fehler gemacht.

Und warum hatte er sich am Ende so hinreißen lassen?

War es die Besessenheit, unbedingt das Manuskript zu bekommen, die ihn so unprofessionell hatte handeln lassen?

Er wusste es nicht und jetzt war es auch zu spät.

Er saß bis zum Hals im Schlamassel und wenn die Aktion morgen auch noch schief gehen sollte, dann war er endgültig geliefert.

Gierig sog er an seiner Zigarette und warf die Kippe achtlos in den Aschenbecher.

Wenn er es sich genau überlegte, dann konnte er nur noch hoffen.

Ob er sich vielleicht doch einen Cognac genehmigen sollte.

Er öffnete die Flasche, als das Telefon schrillte.

Er zuckte zusammen, Schweißtropfen traten ihm auf die Stirn.

Er stellte die Flasche wieder auf den Tisch und nahm das Gespräch entgegen.

„Ja bitte?" fragte er tonlos.

Als am anderen Ende gesprochen wurde, erstarrte sein Gesicht zur Maske. Wortlos hörte er zu.

Dann unterbrach er das Gespräch.

Es war noch schlimmer als er dachte.

XVIII.

Udo Stempfle schaute sein Gegenüber mit einer herablassenden Gleichgültigkeit an. In seinem Innern brodelte es jedoch heftig. Das Gespräch mit Kommissar Schwerdtfeger saß ihm noch in den Knochen. Zwar hatte sich Schwerdtfeger um einen freundlichen Ton bemüht und sich auch mit Kritik an seinem in der letzten Zeit unprofessionellen Verhalten zurückgehalten. Doch es war genau diese Behutsamkeit, die ihn noch mehr reizte.

Können sie mich nicht einfach in Ruhe lassen? War das denn zu viel verlangt?

Manchmal konnte er sich des Eindrucks nicht erwehren, dass keiner außer ihm wusste, was es heißt, verlassen worden zu sein. Dass keiner eine Ahnung davon hatte, wie es ist, wenn sich die Eifersucht in sämtliche Gedanken und Handlungen hineinfraß und den Alltag langsam zur Hölle machte.

Ihm sträubten sich die Nackenhaare bei dem Gedanken, dass Jenny nicht mehr bei ihm, sondern bei diesem Sven war. Er spürte wie sich sein Körper verkrampfte.

Er fuhr aus seinen Gedanken auf. Nicht schon wieder. Jetzt musste Schluss sein mit den quälenden Gedanken. Er hatte es Kommissar Schwerdtfeger versprochen.

Udo Stempfle blinzelte ein wenig und fixierte dann Alfred Schmidhuber. Mit einer gewissen Schadenfreude registrierte er, dass der Vorsitzende des „Vereins der Freunde der Stuttgarter Kirchenmusik" nervös auf seinem Stuhl hin und her rutschte.

Dann warf er einen raschen Blick zu Kommissar Schwerdtfeger, der, nachdem die Formalitäten erledigt waren, bedächtig in seinen Unterlagen blätterte.

Eine gewisse Spannung erfüllte den Raum.

Plötzlich hob Kommissar Schwerdtfeger den Kopf und fragte in scharfem Ton:

„Herr Schmidhuber, gegen Sie besteht der Anfangsverdacht der Veruntreuung von Vereinsgeldern. Was haben Sie dazu zu sagen?"

Alfred Schmidhuber starrte den Kommissar fassungslos an. Vor Schreck hatte es ihm die Sprache verschlagen. Damit hatte er nicht gerechnet.

Die Anschuldigung traf ihn unvorbereitet und brachte ihn vollkommen aus dem Konzept. Doch plötzlich schlug seine Stimmung um. Er hatte sichtlich Mühe, sich zu beherrschen.

Hitzig entgegnete er:

„Was sind das denn für Methoden? Einen unschuldigen Bürger aufs Kommissariat zu zitieren und ihn mit unhaltbaren Anschuldigungen zu konfrontieren. Was geht hier eigentlich vor? Ich werde mich umgehend bei Ihrem Vorgesetzten über Sie beschweren."

Er sprang von seinem Stuhl auf, so sehr erregten ihn die Vorwürfe.

„Da Sie offensichtlich keine vernünftigen Fragen haben, gehe ich jetzt wieder." Seine Stimme zitterte vor Zorn.

Er hatte bereits die Tür erreicht, als Kommissar Schwerdtfegers Hand krachend auf den Tisch knallte. Erschrocken drehte sich Alfred Schmidhuber um.

„Sie setzen sich jetzt wieder hin," sagte der Kommissar in einem Ton, der keinen Widerspruch duldete.

Schwerdtfeger beobachtete Alfred Schmidhuber aufmerksam. Ihm fiel auf, dass der Vorsitzende trotz seines forschen Auftretens nervös war. Er versuchte das hinter einer aggressiven Sicherheit zu verbergen, aber der Kommissar spürte die dahinter liegende Angst.

„Wir ermitteln im Mordfall Moritz Harlander", fuhr er mit scharfer Stimme fort, „und in diesem Zusammenhang haben wir erfahren, dass Sie mit dem jungen Organisten Streit hatten. Und zwar heftig und kurz vor seiner Ermordung. Wir wissen auch, um was es bei dem Streit ging. Also, es wäre auch in Ihrem Interesse, wenn Sie sich dazu bereitfinden könnten, sich auf unser Gespräch einzulassen."

Kommissar Schwerdtfegers dunkle Augen, die nicht von dem Gesicht seines Gegenübers wichen, schienen aufmerksam die Wirkung des Gesagten zu beobachten.

Alfred Schmidhuber biss die Lippen fest zusammen.

Sein Kopf hatte jedoch mittlerweile eine bedrohliche Färbung angenommen.

„Ins Schwarze getroffen", resümierte Udo Stempfle zufrieden und bewunderte zum wiederholten Mal die Vernehmungstechnik des Kommissars.

Plötzlich schien sich Alfred Schmidhuber eines anderen zu besinnen.

Mit verächtlichem Blick stieß er trotzig aus:

„Ich weise den Vorwurf der Veruntreuung entschieden zurück. Die Finanzen des Vereins und die Buchführung sind in Ordnung und weisen keine Unregelmäßigkeiten auf. Alles andere ist Verleumdung. Und ...", er wandte sich an Udo Stempfle „es wundert mich schon sehr, wie sich die Polizei bei ihren Ermittlungen auf haltlose Verdächtigungen stützt. Das wird noch ein Nachspiel haben.... Ich erstatte Anzeige wegen Verleumdung."

„Dafür sind wir nicht zuständig", erwiderte Stempfle spitz.

Kommissar Schwerdtfeger, der auf die Einlassungen nicht weiter eingegangen war, fragte beiläufig:

„Was wissen Sie über die historischen Notenblätter, die Moritz Harlander gefunden hat?"

Alfred Schmidhuber machte ein zutiefst schockiertes Gesicht: „Wie bitte, ich verstehe nicht."

„Ich spreche von den Notenblättern, die sehr wahrscheinlich von Johann Sebastian Bach stammen."

Aus dem Gesicht des Vorsitzenden war alle Farbe gewichen. Fassungslos starrte er den Kommissar an und stammelte:

„Wovon, um alles in der Welt, reden Sie. Ich habe keine Ahnung. Davon höre ich zum ersten Mal! Aber das ist ja ... das wäre ja eine ……."

Er biss sich auf die Lippen.

Kommissar Schwerdtfeger hatte sich längst wieder in seine Unterlagen vertieft. Er hob kurz den Kopf und sagte:

„Sie können jetzt gehen. Halten Sie sich aber zu unserer Verfügung. Wir werden bestimmt noch eine Reihe von Fragen haben."

Irritiert schaute Schmidhuber zu Stempfle. Als dieser jedoch gelangweilt mit den Schultern zuckte, erhob er sich rasch und verließ grußlos das Zimmer.

„Und? Was denkst Du?" wandte sich Schwerdtfeger an seinen Assistenten, kaum dass die Tür geschlossen war.

Udo Stempfle überlegte kurz. Dann antwortete er mit fester Stimme:

„Der hat bestimmt Dreck am Stecken. Aber bislang können wir ihm noch nichts Konkretes nachweisen. Vielleicht hat Sebastian in der Zwischenzeit etwas auf dem Rechner von Moritz Harlander gefunden, was uns weiterhelfen kann. Schmidhuber hat hinsichtlich der Finanzen des Vereins bestimmt nicht die Wahrheit gesagt"

„Ja, ich denke auch, dass er eine gewisse Sparsamkeit im Umgang mit der Wahrheit pflegt. Setz Dich so bald wie möglich mit

Sebastian in Verbindung. Wir brauchen Ergebnisse."

„In Ordnung!"

Nachdenklich fügte Kommissar Schwerdtfeger noch hinzu:

„Aber hat er deshalb auch ein ausreichendes Motiv für den Mord an Moritz Harlander?"

Als Schwerdtfegers Telefon klingelte, stand Udo Stempfle auf und verließ eilig den Raum.

XIX.

Der kleine Erinnerungsfetzen durchgeisterte immer wieder seine Gedanken. Doch kaum war er aus dem Meer der Dunkelheit aufgetaucht, versank er auch wieder darin. Immer dann, wenn er sich damit quälte, die Ereignisse in der Johanneskirche zu rekapitulieren, irrlichterte er durch seine Gedanken. Aber sein Erinnerungsvermögen versagte. Es schien ihm, als würde sich seine Seele weigern, dem Tod von Moritz in die Augen zu schauen. Dieser Teil der Erinnerung war wie ausgelöscht. So sehr er sich bemühte, es misslang. Die Dunkelheit senkte sich in dem Moment herab, als er in Gedanken aus der Stadtbahn ausstieg und mit großen Schritten zum Feuersee lief, wo Moritz bereits seit einiger Zeit auf ihn wartete. Und immer wieder spürte er die Angst, die ihn vor seinem Treffen mit dem Freund befallen hatte. Ihre Vorstellungen über die Verwertung des bedeutenden Notenfundes standen sich unversöhnlich gegenüber. Keiner war bereit gewesen, einen Schritt auf den anderen zuzugehen. Natürlich war immer klar gewesen, dass es Moritz' Fund war und er deshalb entscheiden konnte, was damit geschehen soll. Aber er konnte es nicht zulassen, dass sich Moritz seiner Idee gegenüber verschloss und ihm die Noten vorenthielt.

Und dann?

Das Blut pochte in seinen Schläfen.

Was war dann passiert?

Er konnte sich nicht erinnern.

Friedemann vom Stein sackte auf seinem Stuhl plötzlich wie ein geplatzter Luftballon in sich zusammen.

Jetzt hatte er sich zu allem Unglück auch noch mit Hartmut Fellner zerstritten. Natürlich wegen der Notenblätter. Moritz war immer sehr vage geblieben und hatte ihm nur gesagt, er hätte das Original an einem sicheren Ort versteckt.
Aber wo?
Er wusste es nicht.
Und was geschieht jetzt mit den Noten? Jetzt, wo Moritz tot war.
Schamesröte stieg ihm ins Gesicht.
Er versuchte, den Gedanken zu verscheuchen, aber er steckte wie ein giftiger Stachel in seinem Kopf fest.
Eigentlich stand jetzt der Verwirklichung seiner Idee nichts mehr im Wege. Wenn er nur wüsste, wo die verdammten Notenblätter sind. In seinem Frust hatte er sogar Hartmut Fellner vorgeworfen, die Notenblätter längst an sich gebracht zu haben.
Es war zum Verzweifeln.
Plötzlich huschte der kleine Erinnerungsfetzen wieder durch seine Gedanken. Und dieses Mal sah er für den Bruchteil einer Sekunde das Fahrrad und den Fahrer ......
Das Entsetzen stand ihm ins Gesicht geschrieben.
Doch dann wusste er, was er zu tun hatte.

XX.

Es waren zunächst nur unzusammenhängende Wortfetzen, die Simone hysterisch in das Telefon geschrien hatte. Und so hatte es eine Zeitlang gedauert, bis Cornelia Marquardt verstanden hatte, um was es ging. Die Verlobte war kurz in die Wohnung von Moritz Harlander gegangen, um sich aus dem Kleiderschrank im Schlafzimmer Wäsche und Kleider zu holen. Eigentlich wollte sie gar nicht in Moritz Arbeitszimmer gehen, aber irgendetwas hatte sie beunruhigt und so trat sie ein. Obwohl fast alles genauso aussah wie immer, war ihr sofort klar gewesen, dass jemand in das Zimmer eingebrochen war und es gründlich durchsucht hatte.
Cornelia Marquardt versuchte, Simone so gut es eben ging zu beruhigen.
„Bitte warten Sie in der Wohnung auf uns. Ich komme sofort mit einem Kollegen. Und bitte nichts anfassen."
Sie legte rasch auf.
Da Udo Stempfle nicht im Büro war, bat sie Sebastian Mayer, sie in die Wohnung in der Hasenbergsteige zu begleiten.
Während der Fahrt klärte Cornelia Marquardt den Kriminaltechniker über den neuesten Stand der Dinge auf.
„Hast Du eine Idee, wer da eingebrochen sein könnte", fragte Sebastian Mayer seine Kollegin.
Cornelia Marquardt schüttelte verneinend mit dem Kopf, während sie in die Hasenbergsteige einbog.
„Es könnte der Vorsitzende des Vereins gewesen sein", spekulierte Mayer. Doch plötzlich waren seine Gedanken abgelenkt.

„Da ist die Verlobte. Die rennt ja wie ein aufgescheuchtes Huhn auf dem Gehweg herum."

„Ja, die ist völlig durch den Wind", antwortete Cornelia Marquardt.

Sie fand in unmittelbarer Nähe des Hauses einen Parkplatz.

Sebastian Mayer stieg als erster aus.

„Sie haben hoffentlich nichts angefasst", rief er Simone zu, die ihn nur entsetzt anstarrte.

Sie betraten zusammen die Wohnung.

„Da waren Profis am Werk", bemerkte Sebastian Mayer, nachdem er die Wohnungstür gründlich untersucht hatte.

Währenddessen war Cornelia Marquardt gefolgt von Simone ins Arbeitszimmer gegangen. Sie nahm die Gelegenheit wahr, sich sorgfältig in dem Zimmer umzusehen. Die mit Büchern gefüllten Regale reichten bis zur Decke, die Sessel waren abgenutzt, aber bequem. Der Schreibtisch war mit Büchern und Dokumenten aller Art bedeckt. Auf einem kleinen Tisch lagen ebenfalls Bücher sowie Notenblätter und Partituren. Sie nahm ein Buch in die Hand und las neugierig den Titel: Albert Schweitzer über Johann Sebastian Bach. Das war ihr neu.

Schließlich wandte sie sich an Simone:

„Können Sie feststellen, ob etwas fehlt?"

Simones Stimme zitterte leicht als sie antwortete:

„Also auf den ersten Blick fehlt nichts. Aber es ist alles durchwühlt worden. Sie müssen wissen, Moritz hatte ein ganz bestimmtes System wie er seine Bücher, die Noten und die Partituren auf dem Schreibtisch und dem kleinen Tisch stapelte. Da durfte niemand ran und Unordnung reinbringen. Das hatte ihn immer furchtbar wütend gemacht. Deshalb sehe ich auch, dass die Dinge nicht mehr so liegen, wie er sie hingelegt hat."

„Verstehe", bemerkte Sebastian Mayer, der eben das Zimmer betrat. „Da waren Profis am Werk, die so gut wie keine Spuren hinterlassen haben. Aber sie konnten natürlich nicht wissen, dass ihr Freund so ein zwanghafter Ordnungsfreak war."

Als er Simones bestürzten Blick sah, fügte er rasch hinzu:

„Entschuldigung! Ich wollte Sie nicht kränken. Tut mir echt leid."

Simone schaute sich mit einem hilflosen Blick in dem Zimmer um:

„Aber was haben die bloß gesucht? Ich verstehe das alles nicht."

Sebastian Mayer sah seine Kollegin vielsagend an. Im Stillen stellte er sich die Frage, ob die Einbrecher die historischen Notenblätter auch gefunden hatten.

Schließlich sagte er:

„Ich werde jetzt meinen Kollegen von der Technik Bescheid geben. Und dann werden wir alles noch einmal gründlich untersuchen."

Er blickte sich noch einmal in dem Zimmer um und fügte trotzig hinzu:

„Es wäre ja gelacht, wenn wir nichts finden würden."

Interludium
(Zwischenspiel)

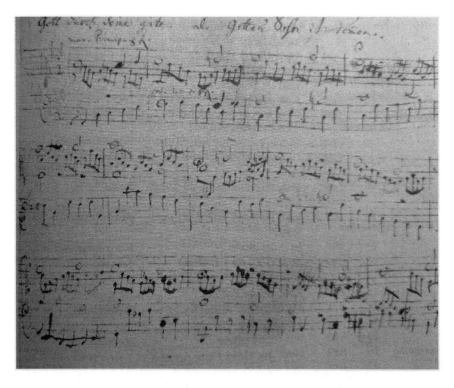

Johann Sebastian Bach „Gott, durch deine Güte", BWV 600

Aus dem Orgel-Büchlein, Autograph (Originalniederschrift)

Entwurf

Spektakulärer Notenfund
oder
Die Wiederentdeckung eines verschollenen Werkes
von Johann Sebastian Bach
(Arbeitstitel)
Ein Essay von Moritz Harlander

Einleitung:

Ansatz: Bezug zu Weimar
„Weg zur Himmelsburg" wurde die Weimarer Schlosskapelle genannt, in der Johann Sebastian Bach ein knappes Jahrzehnt tätig war. Dieser Name war nicht nur symbolisch zu verstehen, sondern bezog sich auch ganz real auf die außergewöhnliche Architektur des Gebäudes.
  Der kleine Kirchenraum erstreckte sich über 3 Stockwerke auf eine Höhe von fast dreißig Metern und wurde von einer Kuppel gekrönt, die mit einem Wolkenhimmel bemalt war. Orgel und Musiker standen auf der obersten Empore, ihr Spiel erscholl gleichsam vom Himmel auf die Kirchenbänke herunter.
  Nach sechs Jahren als Organist in der Himmelsburg wurde Johann Sebastian Bach am 2. März 1714 auf die eigens für ihn geschaffene Position des Konzertmeisters der Hofkapelle befördert. Mit seinem neuen Amt war die Verpflichtung verbunden, einmal im Monat eine geistliche Kantate für den herzoglichen Gottesdienst

zu komponieren. Rund zwanzig Kantaten sind aus seiner Weimarer Zeit (Zyklus „Weimarer Kantaten" z. B. BWV 61, 162, 182) erhalten geblieben, die meisten davon auf Texte des örtlichen Hofdichters Salomon Franck.

Kurzer biographischer Abriss

Ansatz: vor allem berufliche/musikalische Stationen
 Johann Sebastian Bach wurde am 21. März 1685 in Eisenach in eine weit verzweigte Familie von Musikern geboren. 1695, nach dem frühen Tod der Eltern, nahm ihn sein älterer Bruder Johann Christoph zu sich nach Ohrdruf. 1700 erhielt der erst 15-jährige Bach ein Stipendium an der Michaelis Klosterschule in Lüneburg. 1703 wurde er Violinist am Hofe von Herzog Johann Ernst von Sachsen-Weimar. Nach wenigen Monaten verließ Bach Weimar, um in Arnstadt das Amt des Organisten in der Neuen Kirche zu übernehmen. Neben den beruflichen Pflichten – Kirchendienst und Ausbildung von Schülern – schrieb er seine ersten bedeutenden Orgelkompositionen. 1705 reiset Bach nach Lübeck, wo er von dem Orgelmeister Dietrich Buxtehude unterrichtet wurde. Nach mehrfachen Auseinandersetzungen mit seinen Arbeitgebern ergriff Bach 1707 die Gelegenheit, Arnstadt zu verlassen und wurde Organist der Blasius-Kirche in Mühlhausen.
 Privat: 1707 heiratete er seine Cousine Maria Barbara und hatte 7 Kinder mit ihr.
 1708 bewarb sich Bach als Hoforganist und Kammermusiker in Weimar bei Herzog Wilhelm Ernst. 1714 stieg er zum Konzertmeister auf. 1717 wurde er von Fürst Leopold zum Hofkapellmeis-

ter an dessen Hof in Anhalt-Köthen ernannt.

Privat: Seine erste Frau starb 1720. 1721 heiratete er die Musikertochter Anna Magdalena Wilcke. Mit ihr hatte er weitere 13 Kinder, von denen sechs früh starben.

In der Zeit in Köthen entstanden vor allem Instrumentalwerke wie Violinkonzerte, Orchestersuiten und zahlreiche Klavierstücke.

1723 wurde die Position des Thomaskantors in Leipzig vakant. Bach bewarb sich und wurde in das angesehene Amt gewählt. In Leipzig schuf er seine großen Vokalwerke (Johannespassion und Matthäuspassion) sowie zahlreiche Kantaten und Motetten.

Am 28. Juli 1750 starb Johann Sebastian Bach 65-jährig in Leipzig.

Das Werk

Ansatz: keine Gesamtdarstellung; der Fokus liegt auf der Bedeutung der Passionen im Kontext des Gesamtwerkes

Wichtig!

Stilistisch vereinigte Bach in seinem Werk zwei große musikalische Richtungen: die polyphone, der er entstammte, und die harmonische, die er vollendete.

Hinweis: Beethoven nannte ihn den „Urvater der Harmonie".

Er stand am Übergang zweier musikalischer Zeitalter: Mit kühnem Griff fasste er alle polyphon-kontrapunktischen Künste von Gotik und Barock zusammen und war zugleich ein Künstler der heraufziehenden Harmonie.

Die Passionen

Nach Bachs Tod 1750 interessierte sich etwa 80 Jahre lang niemand in der Öffentlichkeit für seine Musik. Niemand wollte sie hören, niemand spielen. Das änderte sich erst, als Felix Mendelssohn Bartholdy, der Bach verehrte, die Matthäus-Passion zum ersten Mal genau 101 Jahre nach ihrer Uraufführung wiederaufführte.

Johann Sebastian Bach hatte laut des aus Anlass seines Todes verfassten Nachrufs 5 Passionsmusiken geschrieben. Also instrumental begleitete oratorische Werke, wie sie Georg Philipp Telemann (1681-1767) mit seiner „Brockes-Passion" 1717 etablierte.

Es sind aber nur zwei Werke vollständig überliefert:

Die Johannes-Passion (BWV 245) wurde 1724 in der Leipziger Nikolaikirche aufgeführt.

Die Matthäus-Passion (BWV 244) wurde 1727 in der Leipziger Thomaskirche aufgeführt.

Die Markus-Passion (BWV 247) wurde 1731 in der Leipziger Thomaskirche aufgeführt. Von ihr ist lediglich der Text erhalten.

Bei den zwei weiteren Passionen sind Herkunft und Verbleib unbekannt.

Es handelt sich dabei um

Die Lukas-Passion (BWV 246), die sich inzwischen als unecht erwiesen hat und die sog. „Weimarer-Passion".

„Weimarer Passion"

Die sog. „Weimarer Passion" wurde am 26. März 1717 in der Schlosskirche Friedenstein am Hof zu Gotha aufgeführt. Quelle: Am 12. April 1717 erfolgte in Gotha eine Zahlung von 12 Talern an den „Concert Meister Bachen".

Da der Kapellmeister des Herzogs von Sachsen-Gotha Christian Friedrich Witt im Sterben lag, hatte man Johann Sebastian Bach gebeten, am Karfreitag für ihn einzuspringen. Leider ist von den „20 gebundene[n] Passion-Büchergen welche in die Fürstl. Schloß Kirchen geliefert worden" (Glöckner, S. 35), kein einziges Exemplar erhalten, so dass heute nichts Genaues über den Text und die Musik bekannt ist. Immerhin bestätigt ein späterer Hinweis auf eine 1717 von Bach komponierte Passion die Gothaer Dokumente

Darüber hinaus gibt es Anhaltspunkte dafür, dass einige der Sätze in die 2. Fassung der „Johannes Passion" übernommen wurden sowie in die Kantate für Tenor Solo „Ich armer Mensch, ich Sündenknecht".

Die verschollene „Weimarer Passion" könnte folgende Sätze (aus BWV 245, Fassung 2) enthalten haben: Zwei Choralsätze und drei Arien.

Siehe unten inhaltliche Analyse der entdeckten Notenblätter

Wichtig: Es ist aber umstritten, ob es sich bei den Sätzen aus dem Bachwerkverzeichnis BWV tatsächlichen um Weimarer Kompositionen handelt.

Christoph Wolff weist in seiner Bach-Biografie noch auf Folgendes hin:

Als Johann Sebastian Bach am 7. Februar 1723 zu der Kantoratsprobe für die Berufung zum Thomaskantor in Leipzig eintraf,

*brachte er die fertige Kantatenpartitur und den größten Teil des Aufführungsmaterials mit. Es waren die beiden Kantaten: „Jesus nahm sich die Zwölfe" (BWV 22) und „Du wahrer Gott und Davids Sohn" (BWV 23). Den Originalquellen der beiden Stücke ist zu entnehmen, dass die aus Köthen mitgebrachten Aufführungsmaterialien in Leipzig fertiggestellt werden mussten. Auch lässt sich erkennen, dass Bach beschloss, die Kantate BWV 23 um einen weiteren Satz, den groß angelegten Choral „Christe, du Lamm Gottes", zu ergänzen. Mit BWV 23/4 wird das Orchester erweitert um einen Zinken und drei Posaunen, die die Chorstimmen stützen und den liturgischen Charakter des auf Text und Melodie des deutschen Agnus Dei basierenden Werks betonen. Bei diesem Satz handelt es sich allerdings nicht um eine Neukomposition, vielmehr entnahm ihn Bach einem bereits abgeschlossenen Werk, sehr wahrscheinlich der Weimarer (oder Gothaer) Passion BC D1 von 1717. Diese hatte er wohl im Gepäck als er nach Leipzig kam, vielleicht weil er sie als Beispiel für ein besonders umfangreiches Werk vorlegen wollte oder vielleicht, um sie im Bedarfsfall für den bevorstehenden Karfreitags-Vespergottesdienst anzubieten.
Quelle: Christoph Wolff: Johann Sebastian Bach, S. 196 ff.*

Die verschollenen Werke

Das Bach'sche Werkverzeichnis BWV listet in seinem Anhang Fragmente und verschollene Werke auf.

- *Gesegnet ist die Zuversicht*
- *Kantate*
- *Gott, gib ein Gerichte dem Könige*
- *Wünschet Jerusalem Glück*
- *Lobet den Herrn, alle seine Heerscharen*
- *Dich loben die lieblichen Strahlen der Sonne*
- *Heut ist gewiß ein guter Tag*
- *Neujahrskantate*
- *Entfernet euch, ihr heitern Sterne*
- *So kämpfet nun, ihr muntern Töne*
- *Es lebe der König, der Vater im Lande*
- *Frohes Volk, vergnügte Sachsen*
- *Willkommen, ihr herrschenden Götter der Erde*
- *Sein Segen fließt*
- *Siehe der Hüter Israel*
- *Schließt die Gruft! Ihr Trauerglocken*
- *Mein Gott, nimm die gerechte Seele*
- *Froher Tag, verlangte Stunden*
- *Thomana saß anhoch betrübt*
- *Lateinische Ode*
- *Magnificat*
- *Konzert*
- *Konzert*

Der Fund

Fundort: Archiv einer kleinen Dorfkirche in Thüringen; nähere Angaben erst nach Rücksprache (Genehmigung) mit dem zuständigen Kirchenamt.

Handschrift: 6 lose Notenblätter zwischen zwei Aktendeckeln mit Schnürung; ohne Archivsignatur

Die Notenblätter sind ein Fragment, der Rest des Werkes war in dem Archiv nicht auffindbar.

Zur musikalischen Deutung siehe unten.

Blatt 1 enthält am oberen linken Rand eine ausgebleichte Signatur, kaum lesbar (Anfangsbuchstaben JSB?) und ein Datum, ebenfalls verwaschen, nur die Jahreszahl schwach erkennbar, wahrscheinlich 1717.

Die weiteren 5 Blätter sind unsigniert

Zusätzliche Anmerkungen auf Blatt 2 und 4 von fremder Hand (nicht identifizierbar)

Alle Blätter sind ausgebleicht mit Stockflecken

Die Handschrift ist mit an Sicherheit grenzender Wahrscheinlichkeit von

J. S. Bach (siehe Gutachten Fellner)

Die Einordnung ins BWV ist noch nicht ganz abgeschlossen; vermutlich aus der Weimarer Zeit; evtl. „Weimarer Passion". Aus Bachs Weimarer Zeit sind aber auch zwei weitere Werke nicht erhalten: eine Kantate, die am 4. Februar 1709 und eine Kantate, die am 4. Februar 1710 jeweils zur Ratswahl in Mühlhausen aufgeführt wurde.

Fanny Hofreiter legte das Manuskript beiseite.

Sie nahm ihre Brille ab und starrte gedankenvoll vor sich hin.

Sie war keine Expertin, so viel stand fest. Aber sie hatte sich durch ihre Mitgliedschaft im „Verein der Freunde der Stuttgarter Kirchenmusik" und die zahlreichen Konzertbesuche zusammen mit Anton Merkle über die Jahre ein profundes Wissen über das Leben und Werk von Johann Sebastian Bach angeeignet. Und deshalb erlaubte sie sich festzustellen, dass der Text, den sie gerade gelesen hatte, auch wenn er in weiten Teilen nur ein Entwurf war, einen Eindruck darüber vermittelte, wie vertraut Moritz mit dem Thema war und wie leidenschaftlich er Bach verehrte.

Sie setzte ihre Brille wieder auf und las noch einmal den kleinen gelben Zettel, den Moritz auf das Deckblatt geheftet hatte. Dann schrieb sie einige Stichpunkte auf ihren Notizblock.

Sie hatte vor ein paar Tagen von Maria Harlander das Manuskript erhalten. Es war der Originaltext, den Moritz zur Sicherheit bei seinen Eltern hinterlegt hatte. Maria hatte ihr leider nicht sagen können, wann genau sie das Manuskript erhalten hatten.

Bedauerlicherweise, resümierte Fanny Hofreiter, ließe sich das sehr wahrscheinlich nicht mehr feststellen. Obwohl es für die Ermittlungen bestimmt sehr hilfreich gewesen wäre, zu wissen, wann das Manuskript geschrieben worden war. Sie ging aber davon aus, dass es schon ein paar Monate her sein musste und dass Moritz in der Zwischenzeit vielleicht weiter an dem Text gearbeitet hat.

Vielleicht fanden die Techniker von Kommissar Schwerdtfeger im Computer von Moritz die neueste Version, die möglicherweise eine detaillierte Ausarbeitung des Fallbeispiels enthält.

Es lag auf der Hand, dass das Fallbeispiel, von dem Moritz in seinem Essay immer wieder sprach, nichts anderes war als die unvollendete Komposition, die nur bruchstückhaft überliefert war.

Fanny Hofreiter notierte sich einen weiteren Punkt, der für ihre späteren Überlegungen möglicherweise nützlich sein konnte.

Es war anzunehmen, dass Moritz zum Zeitpunkt der Ausarbeitung des Essays bereits davon ausgegangen war, dass sein Notenfund ein handschriftliches Original von Johann Sebastian Bach war. Die Expertise von Hartmut Fellner diente also nur noch der Bestätigung.

Fanny Hofreiter blies heftig ihre Backen auf.

In der Tat: ein grandioser Fund – der allerdings auch die entsprechenden Begehrlichkeiten weckte.

Sie überlegte noch einmal rasch, wer alles außer Moritz, Friedemann und dem Gutachter von dem Fund wusste: Anton, aber den konnte sie aus ihren Überlegungen ausschließen. Und dann war da noch Alfred Schmidhuber. Sie war sich nicht sicher, ob er etwas davon wusste.

Doch wem von den Genannten war es ein Mord wert, um in den Besitz der historischen Notenblätter zu kommen?

Fanny Hofreiter seufzte tief.

Dann schrieb sie noch rasch zwei, drei Stichpunkte auf. Vor allem eine Sache, die ihr schon die ganze Zeit im Hinterkopf herumspukte, musste sie unbedingt klären. Sie brauchte dringend noch weitere Informationen.

Das Telefon klingelte und riss sie aus ihren Gedanken.

TEIL II

I.

Kommissar Schwerdtfeger starrte auf das Foto der Leiche, das er eben an die Pinwand im Besprechungszimmer geheftet hatte.

„Zum Teufel noch mal…"

Langsam trank er seinen Kaffee, den Carola Huber frisch für ihn aufgebrüht hatte.

Der Anruf von der Polizeiwache hatte ihn um 7 Uhr erreicht. Eine Joggerin hatte im Gebüsch am Feuersee die Leiche von Friedemann vom Stein gefunden. Als er mit Cornelia Marquardt kurze Zeit später am Tatort eintraf, konnte Dr. Granda schon erste Erkenntnisse mitteilen.

Der junge Mann war von hinten erschlagen worden. Die ersten Ermittlungen hatten ergeben, dass sich Friedemann vom Stein gestern am späten Abend oder in der Nacht mit einer weiteren Person am Feuersee getroffen haben musste. Da es ein paar Stunden früher einen kurzen Regenschauer gegeben hatte, war der Boden noch feucht gewesen, sodass Sebastian Mayer und sein Team zwei Fußabdrücke und die Reifenspur von einem Fahrrad sicherstellen konnten. Einer der Fußabdrücke konnte eindeutig Friedemann vom Stein zugeordnet werden.

Nachdenklich rieb sich Kommissar Schwerdtfeger die Nase. Seit ein paar Stunden kämpfte er mit dem Gefühl, von den Ereignissen überrollt zu werden.

Wie passte dieser zweite Mord in das bisherige Bild der Ermittlungen? Konnte Friedemann vom Stein damit als Mörder von Moritz Harlander ausgeschlossen werden? Nicht unbedingt. Und wer hatte einen Grund, den jungen Studenten umzubringen? Und überhaupt: Was war eigentlich das Motiv für beide Morde? Unterschlagung oder der historische Notenfund? Damit rückten der Vorsitzende Alfred Schmidhuber und der Sachverständige Fellner wieder ganz nach oben in seiner imaginären Liste der Tatverdächtigen. Oder gab es noch eine weitere Person, die dafür in Frage kommen könnte? Den berühmten unbekannten Dritten? An eine solche Möglichkeit hatte er bislang nicht gedacht.

Energisch wandte er sich seinen Kollegen zu, die inzwischen am Besprechungstisch Platz genommen hatten.

In knappen Worten berichtete er über den neuesten Stand der Ermittlungen.

„Wir müssen nun", schloss er seine Ausführungen, „von einem neuen Ermittlungsansatz ausgehen."

„Inwiefern?"

„Für den Mord an Moritz Harlander hatten wir bislang ein starkes Motiv: Die Vertuschung der Unterschlagung von Vereins- bzw. Fördergeldern. Deshalb bleibt Alfred Schmidhuber ganz oben auf unserer Liste."

Er machte eine kurze Pause und fuhr dann fort: „Friedemann vom Stein kam erst dann in unseren Fokus, als sich herausstellte, dass er der anonyme Anrufer war, der den Mord an seinem Freund bei der Polizei gemeldet hatte."

„Leider", warf Cornelia Marquardt frustriert ein, „werden wir jetzt nicht mehr erfahren, warum er sich damit so lange Zeit gelassen hat."

„Vielleicht, weil er der Mörder war", gab Sebastian Mayer zu bedenken.

Kommissar Schwerdtfeger nickte:

„Das können wir in der Tat noch nicht ausschließen. Er könnte wegen den Notenblättern, die für ihn von großer Bedeutung waren und die er unbedingt haben wollte, um sein IK – sorry, sei KI-Projekt entwickeln zu können, mit seinem Freund in einen tödlichen Streit geraten sein."

Nun war es an Sebastian Mayer zustimmend zu nicken:

„Ich habe auf dem Handy von Moritz Harlander Nachrichten gefunden, die ebenfalls eindeutig belegen, dass die beiden einen ziemlich heftigen Konflikt hatten."

Cornelia Marquardt hob kurz die Hand:

„Es wäre aber auch möglich, dass der Sachverständige in Leipzig, der die Echtheit einzelner Notenblätter bereits verifiziert hat, gierig geworden ist. Sicher kennt er genügend Sammler, die ihm sozusagen unterm Ladentisch enorme Summen dafür bezahlen würden."

„Das führt uns zu der Frage", ergänzte Kommissar Schwerdtfeger, „wer in die Wohnung von Moritz Harlander eingebrochen ist. Ich denke, wir können mit an Sicherheit grenzender Wahrscheinlichkeit davon ausgehen, dass der oder die Einbrecher die Noten gesucht haben. Aber haben sie sie auch gefunden?"

Er wandte sich an Sebastian Mayer:

„Gibt es schon verwertbare Spuren?"

„Nein, leider nicht. Aber wir bleiben am Ball. Übrigens, da fällt mir gerade noch ein, dass ich auf dem Rechner von Moritz Harlander einen Ordner mit verschlüsselten Dateien gefunden habe. Bis jetzt habe ich sie noch nicht knacken können, aber ich bin sicher …"

Kommissar Schwerdtfegers Augenbrauen wanderten in die Höhe. „Interessant! Das könnte eine heiße Spur sein. Hol' Dir Hilfe, wenn Du es nicht schaffst."

„Das schaffe ich auch allein", antwortete Sebastian Mayer pikiert.

Udo Stempfle, der die Diskussion schweigend mitverfolgt hatte, warf plötzlich eine Bemerkung dazwischen:

„Dass Alfred Schmidhuber auch Friedemann vom Stein umgebracht hat, scheint eher unwahrscheinlich zu sein. Es sei denn, Moritz hat seinem Freund von seinem Verdacht erzählt. Und der hat dann den Vorsitzenden erpresst."

„Gibt es dafür irgendwelche Anhaltspunkte?" fragte Kommissar Schwerdtfeger skeptisch.

„Nein, bis jetzt noch nicht. Aber ausschließen kann man es auch nicht", antwortete Stempfle leicht genervt.

Kommissar Schwerdtfeger, der bereits seine Unterlagen zusammenräumte, erwiderte knapp:

„Das stimmt. Hat denn die Befragung der anderen Vorstandsmitglieder irgendetwas ergeben? Bei der letzten Teamsitzung sind wir gar nicht dazu gekommen, darüber zu sprechen."

„Nein! Mit Anton Merkle konnte ich noch nicht reden. Und die Gespräche mit den anderen Vorstandsmitgliedern waren unbefriedigend. Nur Gerüchte und in der Luft hängende Mutmaßungen. Keine brauchbaren Zeugenaussagen. Ich habe Ihnen das Gesprächsprotokoll auf den Tisch gelegt."

Udo Stempfles Gesicht drückte seine Unzufriedenheit aus.

„Danke. Ich verstehe. Vielleicht bringen die verschlüsselten Dateien von Moritz Harlander mehr Licht in die ganze Geschichte. Denn, was wir brauchen sind handfeste Beweise. Und irgendwo muss er sie ja versteckt haben. Also setzt Euch so bald wie möglich zusammen. Wenn ich aus Leipzig zurück bin, brauchen wir Ergebnisse."

II.

Fanny Hofreiter studierte aufmerksam die Speisekarte, die sie allerdings auch im Schlaf hätte aufsagen können. Zugleich spitzte sie ihre Ohren, um mehr von der hitzigen Diskussion am Nebentisch mitzubekommen. Die Wortfetzen, die immer wieder zu ihr hinüberwehten, ließen vermuten, dass das junge Paar in einen heftigen Streit verwickelt war.

Wahrscheinlich Eifersucht, mutmaßte sie und vertiefte sich wieder in die Speisekarte. Doch ihre Gedanken trugen sie fort. Zum wiederholten Male fragte sie sich, ob Moritz und Simone ein glückliches Paar gewesen waren. Sie hatte das immer geglaubt, aber jetzt, nachdem Moritz ermordet worden war, fielen ihr einige kleine Beobachtungen und Bemerkungen ein, die eher darauf hindeuteten, dass doch nicht alles gut war zwischen den beiden. Vor allem beim Frühlingsfest war ihr das aufgefallen, als sie beobachtet hatte, wie die beiden offensichtlich miteinander gestritten hatten.

„Wartest Du schon lange?" Marlene beugte sich zu ihrer Mutter und gab ihr einen Kuss auf die Wange. „Entschuldige, aber ich hatte noch einen wichtigen Anruf."

Sie setzte sich hin und fragte mit einem leisen Lächeln:

„Und was gibt es heute? Maultaschen mit Kartoffelsalat, wenn ich mich recht erinnere?"

Fanny Hofreiter hob erstaunt den Kopf:

„Woher weißt Du?"

„Das war nicht schwer zu erraten, nachdem Du das letzte Mal saure Nieren bestellt hattest."

Sie winkte dem Kellner:
„Ich nehme das Gleiche."
Seit sie sich seit einiger Zeit einmal in der Woche in der Alten Kanzlei zum Mittagessen trafen, war das kleine Ratespiel zu einem festen Ritual geworden.
Fanny Hofreiter, die ihre Neugierde kaum noch zügeln konnte, fragte:
„Und? Hast Du was Neues von Hermann erfahren? Wie kommt er voran mit seinen Ermittlungen?"
Marlene, die eben einen Schluck Mineralwasser trinken wollte, setzte das Glas wieder ab:
„Stell' Dir vor, es gibt noch einen Mord!"
„Grundgütiger", rief Fanny Hofreiter schockiert aus. „Wie ist das möglich? Wer um Gottes Willen ist das Opfer?"
„Ein Freund von Moritz, ein gewisser Friedemann vom Stein, wurde ermordet aufgefunden. Und zwar direkt am Feuersee, quasi neben der Kirche. Hermann geht davon aus, dass beide Morde miteinander zusammenhängen."
Fanny Hofreiter verharrte einen Augenblick regungslos. Sie brauchte einen Moment, um diese Neuigkeit zu verarbeiten.
„Oh!" sagte sie schließlich in einem veränderten Ton. „Dann liegt die Sache ja ganz anders."
Sie runzelte die Stirn und schien ärgerlich mit sich selbst zu sein.
„Weiß man den schon Näheres?"
„Nein," antwortete Marlene „sie tappen noch im Dunkeln."
Fanny Hofreiter versank wieder in ein minutenlanges Schweigen.
„Kanntest Du diesen Friedemann vom Stein?"
Fanny Hofreiter schüttelte den Kopf.
„Nein, ich kannte ihn nicht persönlich, obwohl er Mitglied in un-

serem Verein war. Moritz' Eltern haben auch nie von ihm erzählt."

„Er war Informatiker und ein großer Verehrer von Bach. Eine Zeitlang galt er als Tatverdächtiger. Aber mehr wollte mir Hermann nicht sagen."

Fanny Hofreiter stocherte lustlos in ihrem Essen herum, das der Kellner serviert hatte.

„Was ist los mit Dir?" fragte Marlene. „Dich scheint etwas zu bedrücken."

Fanny Hofreiter nickte.

„Ja, das stimmt. Jetzt sind meine Überlegungen wahrscheinlich hinfällig. Dieser Mord passt nicht in mein Konzept."

„Wieso? Was waren denn Deine Überlegungen?"

„Nun, ich hatte beziehungsweise ich habe einen Verdacht."

Fanny Hofreiter schwieg.

„Welchen Verdacht?" drängte Marlene.

Fanny Hofreiter überlegte kurz, bevor sie antwortete:

„Also, für mich steht fest, dass Alfred Schmidhuber nicht der Mörder sein kann. Er mag ein Betrüger sein. Ja, das traue ich ihm ohne Weiteres zu. Aber ich kann nicht glauben, dass er sich, um seine Tat zu verdecken, zu einem Mord hätte hinreißen lassen."

„Vielleicht war es ja gar kein Mord, sondern Totschlag im Affekt, weil ihm die Sicherungen durchgebrannt sind?"

„Im Verein können wir ein Lied davon singen, wie aufbrausend und jähzornig Alfred Schmidhuber sein kann. Weiß Gott! Und trotzdem ..."

Fanny Hofreiter schüttelte energisch den Kopf. „Und warum sollte er um alles in der Welt den Freund von Moritz umbringen, den er bestimmt gar nicht kannte."

„Vielleicht wusste dieser Friedemann Bescheid und hat ihn erpresst? Wäre doch möglich."

Fanny Hofreiter überlegte kurz.

„Möglich schon, aber nicht wahrscheinlich. Nein, ich bleibe dabei. Alfred Schmidhuber hat Moritz nicht umgebracht. Alles andere ergibt keinen Sinn."

„Und was ist dann Deine Idee?"

„Nun, ich verfolge eine andere Spur."

Marlene, die eben eine Gabel voll Kartoffelsalat in Mund geschoben hatte, verdrehte die Augen:

„Lass' das nur Hermann nicht wissen. Du weißt, wie empfindlich er in diesen Dingen ist."

Fanny Hofreiters Gesicht bekam einen trotzigen Zug:

„Ja, ich weiß. Ich habe schließlich so meine Erfahrungen mit ihm gemacht. Und trotzdem, ich kann nicht anders. Da gibt es etwas, das mir nicht aus dem Kopf gehen will."

„Was geht Dir nicht aus dem Kopf?"

„Im Moment sind es nur Bruchstücke, lose Fäden. Ich bin aber davon überzeugt, dass das Motiv in den historischen Notenblättern liegt, die Moritz gefunden hat. Weißt Du, ob die Polizei sie schon gefunden hat?"

„Nein, sie suchen immer noch danach wie nach einer Stecknadel im Heuhaufen."

„Vielleicht wurden sie gestohlen" sinnierte Fanny Hofreiter. „Also ich kann mir schon vorstellen, dass ein handschriftliches Notenblatt, dass aus der Feder von Johann Sebastian Bach stammt, viele Begehrlichkeiten weckt. Ich bin überzeugt davon, dass es genügend Händler und Liebhaber gibt, die so ziemlich alles dafür tun würden, um in den Besitz des Manuskripts zu gelangen. So war es doch auch mit der Zeichnung von Moritz Philipp Jacobi, wegen der zwei Menschen sterben mussten. Du erinnerst Dich sicher?"

Ein Lächeln huschte über Marlenes Gesicht:

„Aber ja doch! Das war Dein erster Fall, bei dem ich Hermann nach Jahren wiedergetroffen habe."

„Und Anton meint," fügte Fanny Hofreiter eifrig hinzu, „dass skrupellose Händler so ein wertvolles Manuskript ohne Weiteres für mehrere Millionen Euro verkaufen können."

„Und hat Anton auch jemanden im Verdacht?"

Fanny Hofreiter runzelte die Stirn:

„Darüber schweigt er sich aus, weil er niemanden ohne Beweise anschuldigen will."

„Das ist auch richtig so. Und für die Beweise bist Du zuständig."

Fanny Hofreiter schob ihren Teller beiseite. Sie hatte nicht einmal die Hälfte gegessen.

„Was ist los? Hast Du keinen Hunger?"

„Doch schon, aber …".

„Hast Du noch etwas auf dem Herzen?"

Fanny Hofreiter zögerte, bevor sie antwortete:

„Ich glaube, dass mir Simone bei unserem Gespräch nicht die ganze Wahrheit gesagt hat."

Marlene hob erstaunt die Augenbrauen:

„Aber Du wirst doch um Gottes Willen nicht die Verlobte von Moritz verdächtigen."

„Nein, nein", beeilte sich Fanny Hofreiter mit ihrer Antwort. „Ich verdächtige sie nicht. Aber ich werde das Gefühl nicht los, dass sie mir bei unserem Gespräch etwas verschwiegen hat."

„Wie kommst Du denn darauf?"

„Ich hatte einfach den Eindruck, dass sie mir ganz bewusst etwas verschweigt, weil sie nicht wollte, dass ich es weiß."

„Und was sollte das Deiner Meinung nach sein?" fragte Marlene ungläubig.

„Das muss ich noch herausfinden. Dann bin ich vielleicht einen ganzen Schritt weiter."

„Hoffentlich verrennst Du Dich da nicht in irgendetwas. Willst Du vielleicht nicht lieber mit Hermann darüber sprechen?"

Fanny Hofreiter schüttelte energisch den Kopf:

„Nein, ich will ihn nicht damit belästigen. Jetzt, wo er zwei Morde aufklären muss. Das Ganze ist auch noch zu unausgegoren. Wie gesagt, nur lose Fäden."

„Was hast Du vor?"

„Ich will auf jeden Fall noch einmal mit Simone sprechen. Vielleicht gelingt es mir dieses Mal, ihr Vertrauen zu gewinnen."

„Und dann?"

„Dann stellt sich die große Frage, wer Friedemann vom Stein ermordet hat."

Marlene seufzte tief auf. Sie winkte dem Kellner für die Rechnung.

Sie kannte ihre Mutter und wusste, dass sie nicht nachlassen würde. Aber sie kannte auch Hermann Schwerdtfeger.

„Wenn das mal gut geht", murmelte sie.

III.

Als Sebastian Mayer mit seinem Laptop und einem Stapel Papierausdrucke unter dem Arm das Büro betrat, war sein Kollege gerade im Begriff, sein Smartphone wutentbrannt an die Wand zu werfen.

„Na, schlechte Nachrichten von der Ex?" feixte er.

„Du hast mir gerade noch gefehlt – Du mit Deinen dummen Sprüchen", fauchte ihn Udo Stempfle an.

Sebastian Mayer knallte seinen Laptop und die Computerausdrucke auf den Tisch. Er holte tief Luft.

„Jetzt reicht es mir aber wirklich!"

Seine Stimme zitterte und man hörte die Wut deutlich heraus.

„Man könnte meinen, Du wärst der erste Mann auf der Welt, der Liebeskummer hat."

„Bin ich auch", maulte Udo.

„Merkst Du denn nicht, wie Du mit Deiner ewig schlechten Laune uns allen langsam auf die Nerven gehst? Wir sind ein Team, aber Du sorgst ständig für Unmut und Spannung."

„Ein Team", äffte Udo Stempfle nach, „dass ich nicht lache."

„Wie bitte?"

Sebastian Mayer schaute seinen Kollegen verblüfft an.

„Ist doch wahr. Während Ihr zwei interessante Mordfälle bearbeiten könnt, schlage ich mich mit einem langweiligen Fall von Veruntreuung und Betrug herum, und komme dabei keinen Schritt weiter. Es ist wirklich zum ...."

„Wenn das so ist," unterbrach ihn Sebastian Mayer, „dann kann Dir vielleicht geholfen werden."

Er griff nach dem Papierstapel und drückte ihn Udo in die Hand. Dann fuhr er seinen Laptop hoch.

„Blättere zu Seite 8. Wie Du weißt, bin ich gerade dabei, verschlüsselte Dateien von Moritz Harlander zu dechiffrieren. Ich habe erst damit angefangen. Ich kann Dir sagen, das ist alles gar nicht so einfach. Ich musste dafür ein eigenes Makro entwickeln, das wiederum dazu dienen soll, …".

„Keinen Vortrag, Sebastian! Komm auf den Punkt!" schnitt ihm Stempfle barsch das Wort ab.

„Also, wenn Dich meine Arbeit partout nicht interessiert, dann kann ich auch wieder gehen und meine Ergebnisse bei der nächsten Teamsitzung vortragen", erwiderte Sebastian erbost.

Stempfle, der einsah, dass er zu weit gegangen war, schlug seinem Kollegen freundschaftlich auf die Schulter:

„Sorry, tut mir leid. Echt. Ich hab's nicht so gemeint. Es stimmt schon, ich bin wegen Jenny ziemlich durch den Wind."

Nervös strich er sich mit der Hand durch das Haar.

„Also, was hast Du herausgefunden?"

Unschlüssig, ob er das Friedensangebot von Udo Stempfle annehmen soll, zögerte Sebastian Mayer einen Moment, als wiege er im Stillen das Für und Wider ab. Schließlich räusperte er sich kurz:

„Von mir aus, Frieden. Aber unterbrich mich jetzt nicht noch einmal. Also, Du glaubst nicht wie viele verschlüsselte Dateien Moritz Harlander hatte. Der war ein absoluter Sicherheits-Freak und auch sonst eher der Typ pingeliger Pedant. Trotzdem ist es mir gelungen, zwei Dateien zu entschlüsseln, in denen er seine Beweise für mindestens zwei falsche Abrechnungen von Alfred Schmidhuber abgelegt hat."

„Ich glaub es nicht!" rief Udo Stempfle überrascht aus.

Eifrig vertiefte er sich in Seite 8, wobei er immer wieder unverständliche Laute von sich gab.

„Wenn ich es Dir sage," versicherte Sebastian Mayer trocken. „Es sind Scans von Kontoauszügen und andere Belege. Mit handschriftlichen Notizen. Eindeutig. Der Teufel allein weiß, wie Moritz Harlander an diese Unterlagen gekommen ist."

„Da brat mir doch einer einen Storch!" Udo Stempfle schlug sich mit der Handfläche auf den Oberschenkel. „Das hätte ich nicht für möglich gehalten. Ich quäle mich durch Listen und Protokolle und so weiter. Und der Typ hat alles wie auf dem Servierteller in seinem Kasten. Aber jetzt haben wir ihn, jetzt hab' ich Schmidhuber am Haken."

„Was heißt das, dass das nicht zu erwarten war? Ich bin schon davon ausgegangen, dass einer wie Moritz Harlander wirklich alles, was ihm wichtig erscheint, in seinem Computer speichert. Wo sonst? Und wenn Du Dir die Belege genau anschaust, dann läuft das Ganze nach einem bestimmten Muster ab. Damit hast Du eine Spur. Jetzt musst Du nur noch in den beschlagnahmten Ordnern nach dem Muster suchen. Jede Wette, dass Du noch mehr Beweise findest."

Udo Stempfle nickte zustimmend.

„Das glaube ich auch. Danke Sebastian. Du hast was gut bei mir."

„In Ordnung. Ich muss mich jetzt um die restlichen Dateien kümmern. Vielleicht finde ich endlich einen Hinweis auf die Notenblätter."

Sebastian Mayer packte seinen Laptop und zog davon.

„Viel Glück!" rief ihm Udo Stempfle hinterher.

IV.

„Muss das denn jetzt noch sein" stöhnte Hermann Schwerdtfeger. Er hatte es sich eben mit Marlene und einem Glas Trollinger auf dem Sofa gemütlich gemacht, da zogen bereits wieder dunkle Wolken in Gestalt von Fanny Hofreiter vor seinem geistigen Auge auf, die es wieder einmal nicht lassen konnte zu kriminalisieren.

„Ich bin seit 5 Uhr auf den Beinen und hundemüde."

Marlene massierte ihm den Nacken.

„Nur ganz kurz", flüsterte sie.

Der Kommissar brummte vor sich hin.

Es war ein anstrengender Tag gewesen, der im Ergebnis wenig gebracht hatte, wie er sich eingestehen musste. Sein Zug nach Leipzig war zehn Minuten vor 6 Uhr losgefahren und zu seinem großen Erstaunen so voll gewesen, dass es ihm weder möglich war, weiterzuschlafen noch das Material, das ihm Cornelia Marquardt über den Gutachter Hartmut Fellner zusammengestellt hatte, aufmerksam zu lesen. Am Ende hatte er völlig entnervt die Unterlagen wieder eingesteckt und den Rest der Zugfahrt aus dem Fenster geschaut.

In Leipzig war er direkt ins Polizeipräsidium gefahren, wo er um 11 Uhr einen Termin mit den zuständigen Kollegen hatte. Sie hatten Interessantes zu berichten. Offensichtlich war Hartmut Fellner kein unbeschriebenes Blatt. Er war verschiedentlich an Verkäufen von historischen Notenfunden beteiligt gewesen, vorbei an den staatlichen Archiven an private Sammler. Seine Handlungen waren nicht kriminell, aber auch nicht korrekt. Er hatte sich dabei eine goldene Nase verdient. Er war - wie er bereits wusste - mit Friedemann vom

Stein gut bekannt. Der Informatiker war es auch gewesen, der Moritz Harlander mit seinem Notenfund an den Gutachter verwiesen hatte.

Nach der Besprechung hatte er mit den Kollegen in der Kantine zu Mittag gegessen. Da ihm noch Zeit blieb bis zu seinem Treffen mit Hartmut Fellner, schlenderte er anschließend durch die Altstadt von Leipzig und stand plötzlich vor der imposanten Thomaskirche. Aus seinem kleinen Reiseführer, den Cornelia Marquardt mit in die Unterlagen gegeben hatte, wusste er, dass die Thomaskirche zusammen mit der Nikolaikirche, in welcher die Friedensgebete 1989 stattgefunden hatten, eine der bedeutendsten Hauptkirchen in Leipzig war. Als Wirkungsstätte von Johann Sebastian Bach und des Thomanerchors war sie sogar weltweit bekannt.

Er betrat die dreischiffige Hallenkirche und entdeckte im Chor eine Fremdenführerin, die bereits in höchsten Tönen von der Aura des Ortes schwärmte. Kurz entschlossen nahm er an der Führung teil und erfuhr so Interessantes über die Architektur und Innenausstattung der Kirche. Am beeindruckendsten war dabei das Dachgestühl, das mit einem Neigungswinkel von 63 Grad zu den steilsten Giebeldächern in Deutschland gehörte. Auf der Südseite wies die ältere Dame auf die farbigen Mosaikfenster hin, von denen eines Johann Sebastian Bach darstellte. Dann ging es weiter zum Bachgrab. Interessiert lauschte er den Ausführungen der freundlichen Fremdenführerin, die ihren Zuhörern erklärte, dass sich die sterblichen Überreste von Johann Sebastian Bach erst seit 1950 in der Thomaskirche befänden. Nach seinem Tod am 28. Juli 1750 war Bach zunächst im Spitalfriedhof der Johanniskirche bestattet worden. Im Zusammenhang mit der im 19. Jahrhundert einsetzenden Bach-Renaissance wurden die sterblichen Überreste Bachs dann in einem Steinsarkophag unter der Johanniskirche beigesetzt. Während der Bombardierung Leipzigs am 4. Dezember 1943 wurde die Johanniskirche zerstört. Der Sarkophag war jedoch unversehrt und wurde zum 200. Todestag Bachs in eine in den Stufen zum Chorraum gelegene Grabstätte überführt. Aufgrund der Innenrenovierungen der Thomaskirche wurde die Grabstätte 1961 unter Verwendung der Bronzeplatte von 1950 in den Chorraum verlegt.

Er hätte dem Vortrag gerne noch länger zugehört, doch die Zeit drängte. Und so warf er noch einmal einen Blick auf die Grabstätte und nahm beim Hinausgehen einen Flyer des „Freundeskreis Thomaskirche Bach" mit, der die Evangelisch-Lutherische Kirchengemeinde St. Thomas bei der Erhaltung der Thomaskirche und des Thomashauses sowie bei der Pflege der letzten Ruhestätte und des Werkes von Johann Sebastian Bach unterstützte.

Als Kommissar Schwerdtfeger kurze Zeit später dem Gutachter in seinem feudalen Büro im Sporergäßchen gegenübersaß, hatte er reichlich Gelegenheit, sich einen persönlichen Eindruck von Hartmut Fellner zu machen. Positiv war dieser nicht. So viel stand fest. Aber sie hatten bislang nichts Konkretes gegen ihn in der Hand. Es war eher eine Vermutung, dass der Gutachter mehr wusste und tiefer in die Sache verstrickt war als er zugab. Auch fiel ihm auf, dass Fellner trotz seines forschen Auftretens spürbar nervös war.

Auf der Rückfahrt nach Stuttgart beschlich den Kommissar das ungute Gefühl, dass er keinen Schritt weitergekommen war. Zwar gaben ihm die geführten Gespräche viele Denkanstöße. Aber er konnte noch immer kein Muster erkennen. Sie benötigten noch viel mehr Informationen, bevor er die einzelnen Teile so zusammenfügen konnte, dass sie die Geschichte erzählten, die er aufzudecken hoffte.

Kommissar Schwerdtfeger streckte sich auf dem Sofa aus und gähnte herzhaft.

Und jetzt also auch noch Fanny Hofreiter.

„Von mir aus. Aber nur ganz kurz. Was hat Deine Mutter wieder getan?"

„Sie hat noch einmal mit Simone gesprochen und dabei ist ihr aufgefallen, dass die Verlobte von Moritz irgendetwas im Zusammenhang mit dem Fund der historischen Notenblätter verschweigt. Und sie geht davon aus, dass das Verschweigen etwas mit Clemens zu tun hat."

„Mit wem?"

Hermann Schwerdtfeger konnte ein weiteres Gähnen nicht unterdrücken.

„Clemens Bachinger, dem Exfreund von Simone. Hast Du mit dem schon gesprochen?"

„Nein, darum kümmert sich Cornelia Marquardt."

Er trank seinen Wein aus.

Kurze Zeit später war er eingeschlafen.

V.

„Zusammenfassend kann ich festhalten, dass Hartmut Fellner nach wie vor weit oben auf der Liste unserer Verdächtigen steht."

Kommissar Schwerdtfegers Telefon klingelte. Er unterdrückte den Anruf und fuhr fort:

„Fellner ist zwar ein eiskalter Typ, der sich und seine Gefühle stark unter Kontrolle hat. Also nicht jemand, der sich so ohne weiteres zu einem Mord hinreißen lassen würde ..."

„Aber eiskalt planen würde er ihn schon."

Kommissar Schwerdtfeger dachte kurz über Sebastian Mayers Einwurf nach und nickte dann zustimmend:

„Möglicherweise. Ausschließen können wir es jedenfalls nicht. Ich habe die Gier in seinen Augen gesehen, als die Sprache auf den Notenfund kam. Aber er hatte auch eindeutig Angst."

Cornelia Marquardt runzelte die Stirn:

„Konnte er etwas über den Verbleib der Noten sagen?"

„Nein. Und wenn er es wüsste, würde er es uns bestimmt nicht sagen. Ich hatte jedoch den Eindruck, dass er in dieser Hinsicht die Wahrheit sagt."

„Das bedeutet, er hat nichts mit dem Einbruch zu tun?"

„Das kann man so nicht sagen. Er könnte einen Handlanger damit beauftragt haben. Oder die Noten wurden nicht in der Wohnung gefunden. Sebastian, hat die Entschlüsselung und Auswertung der Dateien von Moritz Harlander in dieser Hinsicht etwas Neues ergeben?"

„Nein, noch nicht."

Sebastian Mayer scrollte kurz auf seinem Smartphone und ergänzte: „Insgesamt muss ich noch sechs Dateiordner entschlüsseln. Sorry, dass es so lange dauert – aber Moritz Harlander war ein echter Profi."

„Sein Freund Friedemann war ja schließlich Informatiker", gab Udo Stempfle zu bedenken.

Kommissar Schwerdtfeger stutzte:

„Das bringt mich auf eine neue Idee."

Seine Kollegen schauten ihn fragend an, aber der Kommissar lieferte keine weiteren Erklärungen.

„Was ist mit Fellners Alibi?" wollte Cornelia Marquardt wissen.

„Das ist für beide Tatzeiten äußerst dünn. Die Leipziger Kollegen werden seine Angaben genau überprüfen. Aber das dauert noch ein, zwei Tage."

„Wenn wir nur wüssten, ob noch weitere Personen beteiligt sind?"

Kommissar Schwerdtfegers Telefon klingelte erneut. Nach einem kurzen Blick auf das Display stand er auf und trat ans Fenster. Er gab einige lakonische Antworten und kehrte dann an den Besprechungstisch zurück. Mit einem Mal wurde er energisch:

„Für den Mord an Moritz Harlander hat Hartmut Fellner ein Motiv: Habgier. Aber wir haben bislang keinen Anhaltspunkt dafür, dass er auch seinen Freund Friedemann vom Stein umgebracht hat. Welches Motiv könnte stark genug sein, dass er dafür das Risiko eines zweiten Mordes auf sich nehmen würde?"

„Und wenn wir es mit zwei verschiedenen Tätern zu tun haben?"

„Was dann? Alfred Schmidhuber hat wie Hartmut Fellner ein Motiv, Moritz Harlander umzubringen. Aber warum sollte er Friedemann vom Stein ermorden? Wir drehen uns im Kreis."

„Es sei denn, Friedemann vom Stein war ein Erpresser."

„Teufel noch mal, so könnte es gewesen sein" platzte Udo Stempfle in die Diskussion. „Er könnte Alfred Schmidhuber erpresst haben, weil Moritz ihn über dessen Betrug informiert hatte. Andererseits könnte er auch Hartmut Fellner erpresst haben, weil er von den Noten wusste."

Kommissar Schwerdtfeger ließ sich die Argumente einen Augenblick durch den Kopf gehen. Dann wandte er sich an seinen Assistenten:

„Gibt es in den Unterlagen zu Alfred Schmidhuber irgendwelche Anhaltspunkte für eine Erpressung?"

„Nein", antwortete Udo Stempfle, „aber mit Hilfe von Sebastian, der die entsprechenden Dateien entschlüsselt hat, können wir Schmidhuber jetzt den Betrug einwandfrei nachweisen. Die Kollegen suchen zwar noch nach weiteren Unterschlagungen, aber wir können ihn jetzt schon festnageln. Soll ich ihn vorladen?"

„Ja, mach' das", murmelte Kommissar Schwerdtfeger, der seltsam abgelenkt schien. „Übrigens, gute Arbeit", fügte er noch hinzu.

„Cornelia, hast Du schon mit dem Ex-Freund von der Verlobten gesprochen?"

„Nein. Ich benötige dafür noch seinen vollständigen Namen. Ich habe Simone und die Eltern von Moritz Harlander bislang telefonisch nicht erreichen können."

„Da kann ich weiterhelfen."

„Und wie?"

Cornelia Marquardt schaute den Kommissar verblüfft an.

„Ich habe so meine Quellen. Clemens Bachinger", und als keine Reaktion kam, „der Ex-Freund. Er heißt Clemens Bachinger. Er arbeitet bei der Gema am Olgaeck. Setz Dich bitte sofort mit ihm in Verbindung. Ich möchte mich gern mit ihm unterhalten."

„In Ordnung", antwortete Cornelia Marquardt, die nur mühsam ihre Überraschung unterdrücken konnte. „Ich habe übrigens mit Hans-Christian Kessler, dem Organisator der diesjährigen Bach-Woche einen Termin für morgen vereinbart."

„Einverstanden. Dann sprechen wir im Anschluss daran mit Clemens Bachinger."

VI.

Simone hatte plötzlich das starke Bedürfnis aufzustehen und aus dem Zimmer zu laufen. Doch sie fühlte sich wie gelähmt. Sie hatte das unbestimmte Gefühl, als sei ihr der Boden unter den Füßen weggezogen worden. Mühsam richtete sie sich auf und rückte auf dem Sofa weiter in die Ecke, nur weg von Clemens, dessen körperliche Nähe sie zunehmend bedrängte.

Sie hatte sich lange gegen das Treffen gesträubt, aber Clemens hatte keine Ruhe gegeben. Schließlich hatte sie zugestimmt und er war zu ihr in die Wohnung gekommen.

Sie warf einen ängstlichen Blick auf Clemens, der stumm vor sich hinstarrte. Die Erinnerungen an die Schrecken ihrer Beziehung wirbelten vor ihren Augen wie in einem Kaleidoskop: Seine quälende Eifersucht und seine Wutausbrüche. Aber auch ihre Unfähigkeit, sich zu lösen - bis sie endlich Moritz kennengelernt hatte und die Trennung von Clemens wagte.

Unwillkürlich rückte sie noch ein Stück weiter weg von ihm.

Clemens Bachinger beugte sich zu ihr hinüber und stieß mit gepresster Stimme hervor:

„Ich verstehe Dich nicht. Warum sollte es uns nicht gelingen? Ist es Dir noch zu früh?"

„Nein, darum geht es nicht."

„Worum geht es dann?"

Seine Stimme klang rau, fast drohend.

„Kannst Du mir das endlich einmal klar sagen. Zwischen uns lief es doch gut, bis Moritz ...". Er brach jäh ab.

Einen Moment lang herrschte Schweigen.

Im hintersten Winkel von Simones Gehirn machte sich zunehmend Panik breit. In ihrem Gesicht bildeten sich hektische rote Flecken und sie war den Tränen nahe.

„Aber jetzt ist es anders. Ich kann Dich nicht mehr lieben ...", sagte sie leise mit bebender Stimme.

Stumm schüttelte Clemens Bachinger den Kopf.

„Bitte mach' jetzt nicht alles kaputt. Es ist doch gut so, wie es ist. Lass' uns auch weiterhin Freunde sein."

Einen Augenblick lang sah es so aus, als ob Clemens Bachinger die Beherrschung verlieren würde. Doch dann wurde sein Körper steif. Ein finsterer Blick verschattete sein Gesicht.

„Das geht nicht. Dann hat alles keinen Sinn gehabt."

Er war kreidebleich geworden.

Simone drückte sich noch weiter in die Ecke des Sofas als ob sie die Hoffnung hätte, sich in das Polster verkriechen zu können.

Ihre Stimme war kaum mehr als ein Flüstern:

„Was alles? Wovon sprichst Du --- Clemens! Du machst mir Angst."

Clemens Bachinger schwieg.

Plötzlich sprang er vom Sofa auf. An der Zimmertür drehte er sich noch einmal um:

„Das Warten, Simone, das Warten."

VII.

Alfred Schmidhuber griff nach dem Papier, das vor ihm lag und senkte seine Augen darauf, ohne etwas zu sehen. Seine Gedanken waren auf einmal in der Vergangenheit und er erlebte noch einmal jenen entsetzlichen Streit mit Moritz Harlander.

Kommissar Schwerdtfeger wartete, denn er wusste, dass der Vorsitzende weiterreden würde. Und das tat er schließlich auch:

„Mein Anwalt ist auf dem Weg ins Präsidium und dann wird er der ganzen Sache ein schnelles Ende bereiten."

Schweißtropfen traten auf seine Stirn.

Udo Stempfle, der während des Verhörs am Fenster gestanden hatte, ging unvermittelt zum Tisch, schob sich einen Stuhl zurecht und setzte sich dann so, dass er Alfred Schmidhuber mit den Augen fixieren konnte:

„Welches Ende?" fragte er scharf. „Wollen Sie dann ein umfassendes Geständnis ablegen? Also nicht nur die Unterschlagung von Vereinsgeldern gestehen, sondern auch die Ermordung von Moritz Harlander und Friedemann vom Stein, der Sie erpresst hat."

Schmidhuber fuhr von seinem Sitz auf.

„Was fällt Ihnen ein?" stammelte er schockiert.

Kommissar Schwerdtfeger, der sein Gegenüber die ganze Zeit beobachtet hatte, spürte, dass Alfred Schmidhuber nahe daran war, die Beherrschung zu verlieren. Hoffentlich wird er sich zusammennehmen, dachte er im Stillen.

„Bitte setzen Sie sich wieder hin und beantworten Sie die Frage."

Das Gesicht von Alfred Schmidhuber stand noch immer in Flammen vor Zorn. Mit zusammengezogenen Brauen starrte er vor sich hin. Plötzlich machte er eine wütende Handbewegung und erklärte dann mit einer Stimme, die er vergeblich unter Kontrolle zu bringen versuchte:

„Um es kurz zu machen. Ich gebe zu, dass ich aus einer Schwäche heraus, die ich jetzt zutiefst bedauere, aufgrund einer vorübergehenden finanziellen Notlage, in drei Fällen – ich wiederhole: in drei Fällen - Gelder des Vereins dazu verwendet habe, meine Schulden zu begleichen."

Alfred Schmidhuber unterbrach sich, um die Wirkung seiner Worte zu verfolgen. Als er jedoch Kommissar Schwerdtfegers scharfen Blick auffing, beeilte er sich zu erklären:

„Ich hatte vor, das Geld bis zum Jahresende wieder auf das Vereinskonto zu überweisen. Das müssen sie mir glauben."

„Das sagen Sie", erwiderte Kommissar Schwerdtfeger ungerührt und ließ deutlich durchblicken, dass er keineswegs davon überzeugt war.

„Und Sie haben genau die Summe unterschlagen, die Moritz Harlander Ihnen aufgrund seiner Recherchen nachweisen konnte? Sie wissen, dass es nur eine Frage der Zeit ist, bis wir alle Unterlagen auf Unregelmäßigkeiten überprüft haben. Ich gebe Ihnen also den guten Rat, jetzt gleich die Wahrheit zu sagen."

Alfred Schmidhuber wich seinem Blick aus.

„Nein", presste er ungeduldig zwischen den Zähnen hervor, „mehr war es nicht. Und mit dem Mord habe ich überhaupt nichts zu tun. Da gibt es bestimmt genügend andere."

Kommissar Schwerdtfeger, der gerade dabei war, sich ein paar Notizen in sein Heft zu schreiben, überging die letzte Bemerkung.

„Der Teufel allein weiß", entfuhr es Schmidhuber, „wie er an die Unterlagen gekommen ist. Wahrscheinlich wollte er sich an mir rächen, weil ich nicht damit einverstanden war, dass er im Sommer unser großes Orgelkonzert spielt. Der hielt sich nämlich für etwas Besonderes."

Als er Kommissar Schwerdtfegers Blick auffing, verstummte er kurz und fügte dann bissig hinzu:

„Mit seinem Tod habe ich nichts, absolut gar nichts zu tun. Und für die Tatzeit habe ich, wie Sie wissen, ein Alibi. Da war ich mit meiner Frau zusammen."

„Wir hatten in der Zwischenzeit Gelegenheit, mit ihrer Frau zu sprechen. Sie kann Ihnen allerdings nicht für die gesamte in Frage kommende Zeit ein Alibi geben."

„Wie bitte?" fragte Alfred Schmidhuber irritiert. „Ich war den ganzen Vormittag über zu Hause."

„Das ist eben die Frage. Ihre Frau kann Ihnen nur ein Alibi bis zu dem Zeitpunkt geben, als sie selbst das Haus verließ, um Einkäufe zu machen."

„Sie ist was?"

„Einkaufen gegangen", wiederholte Kommissar Schwerdtfeger lapidar.

Alfred Schmidhubers Gesicht färbte sich gefährlich rot.

„Ein anderes Alibi habe ich nicht", entgegnete er barsch.

„Es sieht nicht gut für Sie aus."

Kommissar Schwerdtfeger machte eine kurze Pause.

„Zumal wir wissen, dass Moritz Harlander nicht nur Sie zur Rede stellen wollte. Vielmehr hatte er auch vor, den gesamten Vorstand über die Unregelmäßigkeiten zu informieren. Und sicher wäre er auch zur Polizei gegangen und hätte Anzeige erstattet. Also, so gesehen sind wir noch lange nicht am Ende."

Alfred Schmidhuber straffte seine Schultern.

„Kann ich jetzt endlich gehen?"

„Ja. Sicher. Die Kollegen vom Betrugsdezernat warten allerdings bereits auf Sie", antwortete Kommissar Schwerdtfeger.

VIII.

Fanny Hofreiter saß in ihrem Lieblingscafé am Olgaeck in einer kleinen Nische und hatte sich soeben ein Kännchen Kaffee und eine Nusstorte bestellt. Sie kramte in ihrer Handtasche und zog vorsichtig ein Bündel Kopien heraus, die sie sich im Sonderlesesaal der Württembergischen Landesbibliothek hatte machen lassen. Sie legte sie auf den Tisch und strich sie glatt.

Die Idee, in die Landesbibliothek zu gehen, hatte ihr ein Mitglied des Vereins gegeben, welches sie zufällig in der Stiftskirche bei einem Konzert getroffen hatte. Natürlich war der Mord das zentrale Thema gewesen. Beiläufig hatte sie im Gespräch die Bemerkung fallen lassen, dass sie sich für die Handschriften von Johann Sebastian Bach, auch die verschollenen, interessiere. Frau Schmidinger hatte zwar zunächst erstaunt die Augenbrauen gehoben. Schließlich hatte sie ihr dann aber doch den Tipp gegeben, dass die Musiksammlung in der Landesbibliothek über eine gutsortierte Forschungsliteratur verfüge und sie sich dort bestimmt ein Werkverzeichnis mit den entsprechenden Hinweisen für den Lesesaal ausleihen könne. Und so war sie heute nach dem Mittagessen und einem kleinen Mittagsschlaf mit der Stadtbahn zum Charlottenplatz gefahren und in die Landesbibliothek gegangen.

Fanny Hofreiter nickte der Kellnerin freundlich zu, die ihr eine Tasse Kaffee einschenkte und die Nusstorte servierte.

Es war das erste Mal gewesen, dass sie im Lesesaal für die Musiksammlung war. Sie nahm das kleine Faltblatt in die Hand, das bei der Bücherausgabe auslag. Aufmerksam las sie die kleine Broschüre, während sie nebenbei ihre Torte aß.

Die Musiksammlung der Landesbibliothek umfasste mit ihrem Notenbestand die größte Sammlung in Baden-Württemberg. Den Grundstock der Musiksammlung, die bereits 1765 entstanden war, bildete das Aufführungsmaterial des Hoftheaters in Stuttgart. Darüber hinaus enthielt die Sammlung eine beeindruckende Fülle an historischen wie auch zeitgenössischen Kompositionsmanuskripten sowie eine große Anzahl von Notendrucken. Der historische Bestand umfasst dabei mittelalterliche Musikhandschriften und Chorbücher der ehemaligen Hofkapelle sowie zahlreiche Nachlässe von Komponisten und Musikern.

Fanny Hofreiter schenkte sich die zweite Tasse Kaffee ein. Sie blätterte in den Kopien, beschloss dann aber, sie zuhause in Ruhe zu lesen. Als sie bereits im Begriff war, die Papiere wieder in ihre Tasche zu stecken, fiel ihr Blick auf einen Hinweis, der sie sofort in Bann zog: Der französische Choreograph Roland Petit hatte anhand eines Werkes von Bach, dessen handschriftliches Original als verschollen galt, das Ballett „Le jeune Homme et la Mort" choreographiert, das 1946 in Paris aufgeführt worden war. Das Libretto stammte von Jean Cocteau.

„Der junge Mann und der Tod", flüsterte sie leise und las dann rasch weiter. Eine Musik von Bach wurde dabei für das Ballett gespielt. Eine Passacaglia von Bach als Ballettmusik, hinterfragte der Autor kritisch, um sich sogleich selbst die Antwort zu geben. Nein - als Luft, als Atmosphäre, als Tröstung, als das Unzerstörbare. Die Tänze haben keine Musik. Die Geschichte war so bekannt wie traurig: Das selbstzerstörerische Rasen eines jungen Mannes, der der Liebe verfallen war und dessen Liebe Tod heißt. Ein Mädchen kommt in die Kammer des Jünglings, ein grausames Wesen.

Ein Totentanz zwischen Anziehung und Abstoßung beginnt – und endlich der Selbstmord am Strick. Er war unausweichlich. Danach führte das Mädchen, das der Tod war, den ‚Hinübergegangenen' als wäre er ihr Liebster über die Dächer von Paris davon.

Nachdenklich ließ Fanny Hofreiter das Blatt Papier sinken.

Ihr Kaffee war inzwischen kalt geworden.

Sie starrte ins Leere, während ihre Gedanken zu den vergangenen Ereignissen wanderten.

IX.

Sebastian Mayer hatte auf einem Besucherstuhl im Büro von Kommissar Schwerdtfeger Platz genommen. Als Carola Huber mit der Kaffeekanne kurz hereinkam, lehnte er dankend ab. Er beugte sich in seinem Stuhl noch etwas weiter vor und beobachtete aufmerksam seinen Chef, der inzwischen den Kollegen aus Leipzig telefonisch erreicht hatte.

Sie hatten gestern einen Durchbruch erzielt. Nachdem ein Fingerabdruck aus der Wohnung von Moritz Harlander niemandem zugeordnet werden konnte, hatten sie ihn durch die Datenbank laufen lassen und tatsächlich einen Treffer erzielt. Kommissar Schwerdtfeger hatte daraufhin die Kollegen in Leipzig informiert, die sich auch bereit erklärt hatten, den Kleinkriminellen zu verhören.

Wenn wir Glück haben, überlegte Sebastian Mayer, dann haben wir nicht nur den Einbrecher, sondern auch ..."

„Ist es Ihnen Recht, wenn ich das Telefon auf laut stelle, damit unser Techniker mithören kann?" rief Kommissar Schwerdtfeger.

Einen Moment später drückte er die Lautsprechertaste.

Aus dem Hörer drang ein tiefer Bass:

„Also, wie gesagt, wir haben ihn verhört und dabei mit der Tatsache konfrontiert, dass es sich hierbei nicht nur um einen kleinen Einbruch handelt, sondern womöglich um zweifachen Mord. Da ist er bleich geworden. Mit Mord habe er nichts zu tun, hat er immer wieder beteuert und schließlich zugegeben, dass Hartmut Fellner, für den er bereits wiederholt als Privatdetektiv gearbeitet hatte" - an dieser Stelle drang ein lautes Lachen aus dem Hörer - „ ... dass also

Hartmut Fellner ihm den Auftrag gegeben habe, in der Wohnung von Moritz Harlander nach den Originalen zu suchen."

„Yes, damit haben wir ihn", entfuhr es Sebastian Mayer. Kommissar Schwerdtfeger gab ihm jedoch mit einem Handzeichen zu verstehen, still zu sein.

„Aber er schwört Stein und Bein, dass er die historischen Notenblätter nicht in Harlanders Wohnung gefunden hat ..."

„Was?" war es nun an Kommissar Schwerdtfeger, dem Kollegen ins Wort zu fallen. „Das darf doch nicht wahr sein!"

„Er scheint mir in dieser Hinsicht glaubwürdig", entgegnete der Leipziger Kommissar.

„Aber wo um alles in der Welt sind sie dann?" Kommissar Schwerdtfeger warf Sebastian Mayer einen fragenden Blick zu. Doch der Techniker zuckte ratlos mit den Schultern.

„Wir haben dann", dröhnte es erneut aus dem Lautsprecher, „Hartmut Fellner einbestellt. Er hat natürlich alles abgestritten. Er sitzt jetzt in Untersuchungshaft und kommt morgen vor den Haftrichter. Wir können ihm aber im Moment nur die Anstiftung zu einer Straftat vorwerfen. Mehr könnt Ihr ihm bislang ja nicht nachweisen. Oder hat sich in der Zwischenzeit etwas Neues ergeben?"

„Ich fürchte, Sie haben recht," bestätigte Kommissar Schwerdtfeger. „Wir können ihm zurzeit nichts anderes oder besser gesagt, noch nichts anderes nachweisen. Wir arbeiten auf Hochtouren."

„Dann werden wir davon ausgehen müssen, dass Hartmut Fellner morgen wieder auf freiem Fuß ist."

„Davon müssen wir leider ausgehen. Trotzdem vielen Dank für die Amtshilfe. Ich melde mich wieder."

Kommissar Schwerdtfeger legte auf.

„Immerhin ein erster Schritt", bemerkte er, doch dann wurden seine Gedanken durch einen neuen Einfall abgelenkt. Rasch schrieb er ein paar Notizen in seinen Block.

Sebastian Mayer beobachtete seinen Chef mit wachsender Ungeduld. Schließlich brach es aus ihm heraus:

„Wenn die in Leipzig Fellner ordentlich in die Mangel nehmen, dann gesteht er vielleicht doch. Es ist doch offensichtlich, dass er Dreck am Stecken hat. Deshalb verstehe ich nicht …".

Er fing Schwerdtfegers Blick auf und brach ab.

„Wie Du gehört hast, können wir Hartmut Fellner bislang nur Anstiftung zum Einbruch vorwerfen", entgegnete der Kommissar in gereiztem Ton. „Und wenn sich bewahrheitet, was der Einbrecher zu Protokoll gegeben hat, und davon müssen wir leider ausgehen, dann hat er die Originale nicht gefunden und damit auch nichts gestohlen."

„Ich verstehe", antwortete Sebastian Mayer kleinlaut und zog ein schiefes Gesicht. „Wir haben also so gut wie nichts in der Hand."

Kommissar Schwerdtfegers Augenbrauen deuteten ein Nicken an.

„So sieht es im Moment aus. Das heißt, was wir dringend benötigen, sind Beweise. Gibt es in Harlanders Wohnung noch weitere verwertbare Spuren?"

„Nein, leider nicht!"

Kommissar Schwerdtfeger äußerte ein zweifelndes „Hmm."

„Und wie weit bist Du mittlerweile mit der Auswertung der verschlüsselten Dateien? Irgendwo muss er doch hinterlegt haben, wo er die Notenblätter aufbewahrt hat."

„Hol's der Teufel, es ist zum Verrücktwerden, aber bislang habe ich keinen noch so kleinen Hinweis gefunden. Ich mach' mich aber sofort wieder an die Arbeit."

Sebastian Mayer stand auf.

„In Ordnung und melde Dich, sobald Du etwas gefunden hast.

Es ist wichtig."

Schwerdtfeger blickte seinem Kriminaltechniker gedankenverloren nach. Er wurde den Eindruck nicht los, dass er etwas Wesentliches übersehen hatte.

Coda
(Schlussteil)

Johann Sebastian Bach: Kunst der Fuge, BWV 1080

Letzte Seite der Originalniederschrift (Autograph) mit der unvollendeten Fuge und der Anmerkung von Carl Philipp Emanuel Bach

Aus Moritz Harlanders Aufzeichnungen:

Die Kunst der Fuge ist ein von Johann Sebastian Bach komponierter Zyklus von vierzehn Fugen und vier Kanons. Er gilt als die Vollendung der kontrapunktischen Kunst der Fugenkomposition.
Das Werk sollte nach Bach alle Möglichkeiten der Fugenkomposition ausschöpfen. Es entwickelte sich mit der Zeit zu einem praktischen Lehrwerk von großer systematischer Qualität. In dem Zyklus wird ein einziges musikalisches Thema und seine Umkehrung in vierzehn Fugen und vier Kanons verarbeitet (die 14. Fuge wurde allerdings nicht vollendet), wobei jedes dieser Stücke eine andere Form des Kontrapunkts (Technik des musikalischen Satzes, in der mehrere Stimmen gleichberechtigt nebeneinanderher geführt werden) exemplarisch vor Augen führt.
Die Kunst der Fuge wurde Bachs „Gradus ad parnassum" (Stufe bzw. Stufen zum Parnass, einem Berg in Zentralgriechenland, der als Sitz der Musen gilt). Gleichwohl ranken sich um das fragmentarisch überlieferte Werk zahlreiche Geschichten. Der Zyklus ist bis heute Gegenstand vielfacher Reflexionen und Spekulationen vor allem hinsichtlich der Frage der von Bach vorgesehenen Instrumente, der Abfolge der einzelnen Sätze sowie der Unabgeschlossenheit des Werkes.

TEIL III

I.

Clemens Bachinger ging in der Raucherecke auf der kleinen Terrasse, die die Geschäftsleitung den Mitarbeitern zur Verfügung gestellt hatte, hektisch auf und ab, als könne er durch die Bewegung einen neuerlichen Zornesausbruch verhindern. Gierig sog er an seiner Zigarette. Eigentlich hatte er vor Monaten mit dem Rauchen aufgehört. Aber in Stresssituationen war der Druck dann doch immer so stark geworden, dass er ihm nicht standhalten konnte. Also hatte er bei sich zuhause und in einer Schublade seines Büroschreibtisches jeweils eine Schachtel Zigaretten deponiert, um im Bedarfsfall versorgt zu sein.

Und ein Bedarfsfall war es heute weiß Gott gewesen.

Der Tag hatte schon schlecht angefangen, weil es ihm wieder einmal trotz mehrfacher Versuche nicht gelungen war, mit Simone zu sprechen.

Wahrscheinlich dachte er grimmig, hatte sie ihr Telefon ausgesteckt oder ging einfach nicht an ihr Handy. Seit ihrem letzten Treffen hatte sie sich nicht mehr bei ihm gemeldet. Eifersucht stieg in ihm hoch, jenes quälende Gefühl, das er so gut kannte und das ihn jedes Mal fast um den Verstand brachte. Wie abweisend sie gewesen war. Auf dem Sofa war sie immer weiter in die Ecke gerutscht und dachte wohl, er bemerke es nicht.

Aber er hatte es gemerkt und es hatte ihn tiefer verletzt als ihre Worte.

Er nahm noch einmal einen kräftigen Zug und drückte dann die Zigarette wütend im Aschenbecher aus. Er musste zurück an seinen Arbeitsplatz. Die Kollegen hatten ihn schon argwöhnisch beobachtet, als er am Vormittag während der Dienstzeit zu einem kurzfristig anberaumten Treffen mit dem Organisator der Bach-Wochen gegangen war.

Als er an den kühlen Empfang dachte, der ihm im Büro von Hans-Christian Kessler zuteil geworden war, schoss erneut Zornesröte in sein Gesicht. Kessler machte keinen Hehl daraus, wie wenig er davon hielt, ihn als Organist für das diesjährige Sommerkonzert zu verpflichten.

Wie konnte er es wagen, ihn so zu behandeln. Was bildete der Mann sich eigentlich ein. Noch jetzt spürte er die Ablehnung, ja Verachtung, die der Organisator ihm entgegengebracht hatte.

„Aber zum Teufel noch mal, warum", stieß er erbittert aus.

Warum war nicht er dieses Jahr endlich an der Reihe gewesen, das Orgelkonzert zu spielen. Und nicht immer nur Moritz? In jeder freien Minute hatte er geprobt und sich für das Auswahlverfahren vorbereitet. Und am Ende hatte er doch wieder den Kürzeren gezogen. Dabei hatte ihm die Jury nicht mangelndes Können vorgehalten. Nein, sondern sein in ihren Augen unfaires Verhalten gegenüber Moritz Harlander.

Er lachte hart auf.

Dabei hatte er nichts anderes getan, als die Jury und die Vorstandsmitglieder des „Vereins der Freunde der Stuttgarter Kirchenmusik" über den wahren Charakter von Moritz aufzuklären.

Clemens Bachinger trank den letzten Schluck Cola und warf die leere Dose in den Abfalleimer, verfehlte ihn aber. Wütend kickte er die Dose in die hinterste Ecke.

Und heute Morgen? Da hatte er nach dem Anruf noch einmal

zu hoffen gewagt, dass es um ihn ging und um sein Können. Doch weit gefehlt. Voller Verachtung hatte Kessler ihn davon in Kenntnis gesetzt, dass nach dem Tod von Moritz Harlander die Wahl auf ihn gefallen sei: „Aber nur als Ersatz für den so Hochbegabten, der unter so tragischen Umständen sein Leben verlor."

„Nur als Ersatz!"

Er spukte die Worte nur so aus. Mechanisch, wie in Trance, hatte er seine Unterschrift unter den Vertrag gesetzt und war dann grußlos aus Kesslers Büro gestürmt. Er hatte den Organisator keine Sekunde länger ertragen können.

Er konnte sich nicht mehr daran erinnern, wie er wieder ins Büro gekommen war. An seinem Arbeitsplatz hielt er es jedoch nicht lange aus. Beinahe überstürzt war er auf die Terrasse geflohen.

Doch nun musste er wieder zurück.

Er eilte zum Aufzug.

Seine Stimmung hatte sich schlagartig verbessert. Er würde es schon noch allen zeigen. Auch Simone.

II.

Fanny Hofreiter stand in ihrer kleinen Küche und brühte Kaffee auf. In einer halben Stunde wollte Anton Merkle vorbeikommen. Er hatte heute Morgen voller Aufregung angerufen und ihr mitgeteilt, dass er ihr Neues im Mordfall Moritz Harlander zu berichten habe. Möglicherweise gebe es sogar eine heiße Spur.

Fanny Hofreiter runzelte die Stirn. So etwas sah Anton gar nicht ähnlich. Sie stellte die Kaffeetassen auf das Tablett und schnitt ein paar Scheiben Hefezopf auf, die sie ebenfalls auf einem Teller auf das Tablett stellte.

Und überhaupt. Was sollte das für eine heiße Spur sein, nahm sie den Gedanken wieder auf. Und ausgerechnet jetzt, wo sie selbst immer noch damit beschäftigt war, ihre Gedanken nach ihrem Gespräch mit Simone zu ordnen. Völlig aufgelöst war das junge Mädchen gewesen, als sie ihr berichtet hatte, wie sehr sie sich von Clemens bedrängt fühle.

Fanny Hofreiter schüttelte ärgerlich den Kopf. Die Eifersucht von Clemens war im Verein ein offenes Geheimnis gewesen. Das hatte jeder sehen können. Nur Simone wollte es nicht wahrhaben. Und jetzt entwickelte sich der junge Mann vielleicht sogar zu einem Stalker.

„Ich werde darüber noch einmal reiflich nachdenken müssen" murmelte sie vor sich hin, während sie im Küchenschrank nach der Zuckerdose suchte.

Sie erinnerte sich an ihren ersten Eindruck von Clemens Bachinger auf dem Frühlingsfest: Eigentlich ein unauffälliger Bursche. Nervös. Er kann einem nicht direkt in die Augen schauen. Hat eher so eine Art, einen schlau von der Seite anzuschauen. Bestimmt duckt er sich oft, ist aber auch ziemlich aufsässig. Aber sein Blick hatte etwas Fanatisches, das einem Furcht einflössen konnte. Es war ihr vom ersten Moment an unbegreiflich gewesen, wie Simone sich jemals hatte in ihn verlieben können. Vor allem im Vergleich zu Moritz.

Aber, da war noch etwas anderes, was ihr nicht mehr aus dem Kopf ging und sie zunehmend beunruhigte. Es hing zusammen mit der kleinen Szene, die sie auf dem Frühlingsfest beobachtet hatte. Wenn sie sich nur genauer daran erinnern könnte …

Das laute Geräusch der Türklingel riss sie aus ihren Gedanken.

„Oh mein Gott, schon so spät", stieß sie aus.

Sie drückte den Türöffner und ordnete rasch ihre Haare vor dem Spiegel an der Garderobe.

„Komm' rein. Mein Gott, jetzt war ich doch tatsächlich so in Gedanken, dass ich ganz vergessen habe, den Kaffeetisch zu decken."

Sie gab Anton Merkle die Hand und lotste ihn ins Wohnzimmer.

„Setz' Dich schon hin, ich hole nur noch schnell das Tablett aus der Küche."

„Kann ich Dir helfen?"

„Nein, nicht nötig."

Kurze Zeit später schenkte sie den Kaffee ein und verteilte den Hefezopf.

„Also?" fragte sie gespannt. „Was gibt es Neues?"

„Du wirst es nicht glauben", antwortete Anton Merkle und bis herzhaft vom Hefezopf ab. Als er jedoch Fannys ungeduldigen Blick sah, beeilte er sich den Kuchen hinunterzuschlucken und mit einem Schluck Kaffee nachzuspülen. Dann begann er seinen Bericht:

„Also, gestern kam ganz überraschend Frau Rossegger zu mir. Sie war ganz aufgeregt wegen dem Mordfall und zunächst konnte ich gar nicht verstehen, wovon sie redete. Aber dann gelang es mir doch, ihr ein paar vernünftige Sätze zu entlocken."

„Mach' es bitte nicht so spannend", drängte Fanny Hofreiter, die ziemlich irritiert war, dass sich Frau Rossegger, die allgemein als eine große Klatschbase galt, Anton anvertraut hatte – und nicht zu ihr gekommen war.

„Nun, um es kurz zu machen", erwiderte Anton Merkle etwas verschnupft, „sie hat mir erzählt, dass sie kurz vor dem Mord einen fürchterlichen Streit zwischen Alfred Schmidhuber und Moritz mitbekommen hat – rein zufällig natürlich – bei welchem Alfred geschrien haben soll: Wenn Du das tust, dann mache ich Dich fertig, endgültig fertig."

Erschöpft hielt Anton Merkle inne.

Fanny Hofreiter, deren Augenbrauen bei dem Wort ‚zufällig' in die Höhe geschossen waren, schaute ihn verblüfft an. Sie setzte die Kaffeetasse wieder ab, aus der sie gerade trinken wollte.

„Gütiger Himmel, das hat sie wirklich gesagt?"

„Ganz bestimmt."

„Das wirft ein ganz neues Licht auf unsere Ermittlungen. Da muss ich …".

„Meinst Du nicht", fiel ihr Anton Merkle sanft ins Wort, „dass wir zuerst Kommissar Schwerdtfeger benachrichtigen sollten. Sie ist doch jetzt eine wichtige Zeugin."

Fanny Hofreiter schaute ihn skeptisch an:

„Bist Du Dir sicher, dass sie das auch der Polizei erzählen wird?"

„Ja doch, gewiss."

„Dann rufe ich jetzt Kommissar Schwerdtfeger an."

Plötzlich hatte sie eine andere Idee:

„Ich überlege, ob ich nicht zuerst …"
„Nein, bitte nicht", bat Anton Merkle eindringlich.
Fanny Hofreiter rang mit sich. Schließlich gab sie nach:
„In Ordnung. Ich rufe ihn sofort an."

III.

Kommissar Schwerdtfeger begann ziellos in seinem Büro herumzuwandern. Er hatte schlecht geschlafen. Sein Verstand war seit gestern vollauf damit beschäftigt, die vielen Puzzleteile in eine Ordnung zu bringen. Einzelteile des Puzzles spukten ihm im Kopf herum. Er ahnte das Muster, aber lesen konnte er es noch nicht.

Der Anruf von Fanny Hofreiter und Anton Merkle hatte ihn nicht nur überrascht, sondern auch aus dem Konzept gebracht. Er hatte anschließend sofort mit Frau Rossegger gesprochen und sie hatte ihm bereits am Telefon alles bestätigt, was Anton Merkle berichtet hatte. Die Zeugenaussage erhärtete damit den Verdacht, dass der Konflikt zwischen Schmidhuber und Harlander bei weitem nicht so harmlos war, wie der Vereinsvorsitzende erklärt hatte. Er war damit als Verdächtiger keineswegs aus dem Schneider. Im Gegenteil. Die verbale Drohung bestätigte nicht nur das Konfliktpotenzial, sondern auch die Hitzköpfigkeit von Alfred Schmidhuber. Ihm konnten also bei einer weiteren Begegnung mit Moritz Harlander in der Johanneskirche sehr wohl die Sicherungen durchgebrannt sein.

Kommissar Schwerdtfeger überlegte, ob er kurz in den Verhörraum gehen sollte, wo Udo Stempfle die Zeugenaussage von Frau Rossegger aufnahm. Er verwarf jedoch den Gedanken sofort wieder.

Was er brauchte, war Klarheit.

Er setzte sich an seinen Schreibtisch und blätterte in den Ermittlungsakten. Er suchte nach einem Detail, das er glaubte, übersehen zu haben. Doch sein Geduldsfaden riss nach ein paar Minuten. Ärgerlich klappte er die Akte wieder zu. In Gedanken rekapitulierte er noch einmal die offenen Fragen, wobei er sich hin und wieder ein paar Notizen in seinen Schreibblock machte.

Erstens: Falls Alfred Schmidhuber Moritz Harlander nicht nur bedroht, sondern tatsächlich ermordet hat, ist er dann auch der Mörder von Friedemann vom Stein? Als einziges, einigermaßen plausibles Motiv kam für den zweiten Mord nur Erpressung in Frage. Da wiederum mit an Sicherheit grenzender Wahrscheinlichkeit davon ausgegangen werden musste, dass Alfred Schmidhuber nichts von dem Notenfund wusste, konnte die Erpressung nur darin bestehen, dass Friedemann vom Stein von dem Betrug wusste oder den Mord beobachtet hatte.

Nachdenklich hielt Kommissar Schwerdtfeger einen Moment inne.

Für die erste Annahme hatten sie bislang kein Indiz, geschweige denn einen Beweis gefunden. Die zweite Annahme beruhte hingegen auf der Tatsache, dass Friedemann vom Stein ganz offensichtlich seinen schwerverletzten Freund gefunden hatte. Hatte er womöglich auch den Täter gesehen und war darüber so schockiert, dass er erst viel später die Polizei informierte.

Kommissar Schwerdtfeger setzte ein dickes Fragezeichen hinter diesen Punkt. Dann nahm er seinen Gedankengang wieder auf.

Zweitens war es auch möglich, dass Alfred Schmidhuber trotz der verbalen Drohungen nicht der Mörder von Moritz Harlander war. Doch wer kam dann in Frage. Zum einen Friedemann vom Stein. Er hatte mit dem Opfer wegen dem Fund der historischen Notenblätter Streit. Das hatten sie schlüssig ermittelt. Ein Motiv war also vorhanden. Und dann eskalierte der Streit in der Kirche. Doch, wenn es so war, wer hatte dann Friedemann vom Stein ermordet?

Kommissar Schwerdtfeger strich ein Wort durch und malte stattdessen drei große Fragezeichen in seinen Block.

Andererseits konnte auch Hartmut Fellner Moritz Harlander wegen der Noten ermordet haben. Hier wäre das Motiv eindeutig Habgier. Aber egal, wie er es drehte und wendete, bei allen Tatverdächtigen blieb eine Frage immer unbeantwortet: Wo sind die historischen Notenblätter.

Diese Frage versah Kommissar Schwerdtfeger mit drei dicken Fragezeichen.

Dann klappte er seinen Laptop auf und übermittelte einen kurz gefassten Bericht über die neuesten Erkenntnisse an den Staatsanwalt. Im Ganzen, so sein Fazit, waren noch keine durchgreifenden Fortschritte erzielt worden.

Er schaute auf die Uhr, griff zum Telefonhörer und wählte.

„Cornelia, wir treffen uns in fünf Minuten am Auto."

IV.

Der Organisator der diesjährigen Bach-Woche hatte sein Büro in den Räumen der Internationalen Bachakademie Stuttgart in der Hasenbergsteige. Von seinem Bürofenster aus konnte Cornelia Marquardt direkt auf den Johann-Sebastian-Bach-Platz und den Gänsepeterbrunnen blicken.

Ihre Gedanken eilten in ihre Jugendzeit zurück, wo die Stufen zum Brunnenbecken ein beliebter Treffpunkt waren. Die Plastik auf der Stele stellt einen Hirten dar, der mit dem Einfangen weglaufender Gänse beschäftigt ist. Die Szene erinnerte an die Zeiten, als um Martini am 11. November große Gänsescharen aus den umliegenden Dörfern auf den städtischen Markt getrieben wurden. Sie hatte dort viel Zeit mit ihren Freundinnen verbracht und es war auch der Ort ihres ersten Rendezvous mit Hans gewesen. Später waren sie oft die Hasenbergsteige bis zum Seewasserwerk hinaufgestiegen, wo links der Blaue Weg abzweigte, ein Wanderweg entlang alter Weinberge bis in die Waldgebiete im Südwesten Stuttgarts. Natürlich hatten sie immer vor Haus Nr. 65 Halt gemacht, wo sich ein kleiner Park öffnete, in dem Skulpturen des Stuttgarter Künstlers Otto Herbert Hajek aufgestellt waren.

Nur mit Mühe holte Cornelia Marquardt ihre Gedanken von diesen verträumten Nebengleisen in die Niederungen der Ermittlungsarbeit bei der Mordkommission zurück. Sie hatte Kommissar Schwerdtfeger auf dem Weg noch kurz mitgeteilt, dass die Internationale Bachakademie 1981 von dem Stuttgarter Kirchenmusiker und Musikpädagogen Helmuth Rilling gegründet worden war.

Die Stiftung veranstaltete vor allem Konzerte und Workshops im In- und Ausland mit dem Ziel, das Leben und Wirken von Johann Sebastian Bach für die Nachwelt zugänglich und verständlich zu machen.

Cornelia Marquardt wandte sich dem Organisator zu, wobei ihr Blick in seinem stattlichen grauen Vollbart hängen blieb. Es fiel ihr schwer, sich zu konzentrieren.

„Also," schloss Hans-Christian Kessler seine Ausführungen, „zusammenfassend kann ich nur bestätigen, dass Moritz Harlander und Friedemann vom Stein gute Freunde waren. Vom Naturell her waren sie zwar grundverschieden, aber ihre große Leidenschaft für Bach und für das Schachspiel verband die beiden."

Er strich mit seinen langen Fingern durch seinen Bart und fuhr dann fort: „Friedemann vom Stein, den ich ebenfalls persönlich kennengelernt habe, machte auf mich den Eindruck eines introvertierten, sozial vielleicht ein wenig isolierten, aber hochbegabten jungen Mannes. Er hatte, wie Sie wissen, Informatik studiert und sich vor allem mit Künstlicher Intelligenz beschäftigt. In diesem Zusammenhang hatte er mich mehrmals aufgesucht und um Rat gefragt."

„Inwiefern?" hakte Kommissar Schwerdtfeger nach.

„Nun, mir schien", antwortete der Organisator bedächtig, „dass er die Idee verfolgte, mit Hilfe von KI eine Komposition im Stil von Bach zu entwickeln. Und da die Internationale Bachakademie regelmäßig Auftragskompositionen vergibt, um Bachs Musik auch in der zeitgenössischen Musik weiterleben zu lassen, wandte er sich an mich mit der Frage, ob auch sein Projekt gefördert werden könnte."

„Verstehe", beeilte sich Kommissar Schwerdtfeger zu versichern.

„Ich überlege aber, ob Sie das mit der Künstlichen Intelligenz und einer musikalischen Komposition im Stil von Bach noch etwas genauer erläutern können. Das wäre möglicherweise hilfreich."

„Selbstverständlich", antwortete Hans-Christian Kessler. „Ich versuche es einmal anders herum. Wie Sie wahrscheinlich wissen, sind die Computer beim Kunstfälschen in der Zwischenzeit ziemlich gut. Nicht nur in der Malerei, sondern auch in der Literatur und Musik. So gibt es schon seit einiger Zeit von Computern generierte Jazzmusik und neuerdings werden sogar ganze Klavier-Fugen am Computer komponiert."

„Jazzmusik vom Computer gemacht?"

Kommissar Schwerdtfeger, der ein großer Jazzliebhaber war, schaute sein Gegenüber entsetzt an.

„Ja, so könnte man sagen. Es gibt mittlerweile bereits eigene Forschungsprojekte, deren Aufgabe darin besteht, herauszufinden, wie überzeugend echt maschinell erstellte Kunst sein kann."

„Wie funktioniert maschinell erstellte Kunst?"

Cornelia Marquardt warf ihre Frage rasch dazwischen.

„Nun, ich bin auch kein Experte," gab Hans-Christian Kessler zu bedenken, „deshalb nur so viel. Maschinelles Lernen ist ein Oberbegriff für die „künstliche" Generierung von Wissen aus Erfahrung. Ein künstliches System lernt aus Beispielen und kann nach Beendigung der Lernphase verallgemeinern. Das heißt, es werden nicht einfach nur die Beispiele auswendig gelernt, sondern das System erkennt Muster und Gesetzmäßigkeiten in den Lerndaten."

„Und was hat das mit Kunst zu tun?"

„Maschinelles Lernen ist ein Teilgebiet der Künstlichen Intelligenz. Durch das Erkennen von Mustern in vorliegenden Datenbeständen sind IT-Systeme in der Lage, eigenständige Lösungen für Probleme zu finden. Es wird quasi künstliches Wissen aus Erfahrung generiert. Die aus den Daten gewonnenen Erkenntnisse lassen sich verallgemeinern und für neue Problemlösungen verwenden."

„Wenn ich Ihnen so zuhöre, dann hat das doch etwas Bedrohliches an sich. Läuft das alles nicht darauf hinaus, den Menschen überflüssig zu machen?"

Hans-Christian Kessler schüttelte energisch den Kopf:

„Nein! Damit die Software eigenständig lernen und Lösungen finden kann, ist ein vorheriges Handeln von Menschen notwendig. Das System muss zunächst mit für das Lernen notwendigen Daten und Algorithmen versorgt werden. Darüber hinaus sind Regeln für die Analyse des Datenbestands und für das Erkennen der Muster aufzustellen. Erst dann kann das System Vorhersagen aufgrund der Analyse von Daten und Wahrscheinlichkeiten berechnen."

Kommissar Schwerdtfeger, der bereits vor einiger Zeit den roten Faden verloren hatte, trommelte nervös mit seinen Fingern auf die Stuhllehne. Er hatte entschieden den Eindruck, dass das Gespräch aus dem Ruder lief.

„Wäre es möglich, dass Sie das Ganze etwas abkürzen? Wie kommt hier Friedemann vom Stein ins Spiel?"

„Wie Sie wollen", bemerkte Kessler indigniert. „Dann eben kurz: Programmierer lassen künstliche Künstler mit Hilfe eines Machine-Learning Modells Musik komponieren."

„Wie bitte?"

„Friedemanns Idee war, ausgehend von einer Notenvorgabe den Computer mit Hilfe Künstlicher Intelligenz eine Komposition im Stil von Bach entwickeln zu lassen."

„Heiliger Strohsack!"

„Ich will jedoch nicht verschweigen, dass die Ergebnisse der Versuche von maschinell erstellter Kunst zurzeit noch ernüchternd sind. So gelang es beispielsweise einer renommierten Jury, sämtliche Verse einer vorgelegten Werkausgabe als von Software erstellt zu identifizieren. In der Musik sieht es allerdings anders aus. Hier konnte jede zweite einer Jury vorgelegte Komposition nicht mehr als eine künstlich erzeugte erkannt werden."

„Das ist ja hochinteressant."

Kommissar Schwerdtfeger erhob sich und gab Cornelia Marquardt ein Zeichen.

„Vielen Dank Herr Kessler für Ihre informativen Ausführungen."

Der Organisator war inzwischen auch aufgestanden. Er begleitete seine Besucher zur Tür.

„Ich hoffe, ich habe Ihnen weiterhelfen können."

Plötzlich fiel ihm noch etwas ein:

„Haben Sie schon mit Clemens Bachinger gesprochen?"

Kommissar Schwerdtfeger schüttelte verneinend den Kopf.

„Nein, bislang hatten wir noch keine Gelegenheit. Warum?"

„Clemens Bachinger war ebenfalls mit Moritz Harlander befreundet. Sie kannten sich schon seit ihrer Jugendzeit und waren beide Mitglieder des „Vereins der Freunde der Stuttgarter Kirchenmusik." Clemens Bachinger ist ebenfalls ein guter Organist. Er hat sich das Orgelspiel als Autodidakt beigebracht und nicht wie Moritz an der Musikhochschule studiert. Ich denke, ich sage nichts Falsches, wenn ich behaupte, dass die beiden in hoher Konkurrenz standen."

„Inwiefern?" fragte der Kommissar neugierig dazwischen.

„Zum Beispiel haben sich beide für das Schlusskonzert der Bach-Woche beworben, aber Moritz Harlander wurde ausgewählt. Er ist – Entschuldigung – er war einfach der Bessere. Nachdem nun Moritz tot ist – wir können es immer noch nicht begreifen, dass er einem Mordanschlag zum Opfer gefallen ist – hat das Kuratorium beschlossen, seinen Part Clemens Bachinger anzubieten."

„Und? Wie hat er es aufgenommen."

Hans-Christian Kessler runzelte die Stirn:

„Wenn ich es mir genau überlege, war das Gespräch sehr eigenartig."

Kommissar Schwerdtfeger hob fragend die Augenbrauen, sagte aber nichts.

„Nun, zunächst ist es wohl angebracht, dass ich Ihnen sage, dass ich mit der Entscheidung des Kuratoriums nicht einverstanden bin. Aber nicht, weil Clemens Bachinger kein guter Organist ist. Das ist es nicht. Er spielt perfekt, ganz ohne Zweifel. Aber seinem Orgelspiel fehlt die Seele. Ich weiß nicht, ob sie mich verstehen?"

Er warf einen Blick auf Kommissar Schwerdtfeger, der verhalten nickte.

„Ich kann es nicht anders ausdrücken. Sein Spiel ist perfekt, aber seelenlos. Ich habe so einen Fall noch nie erlebt."

„Haben Sie mit Clemens Bachinger darüber gesprochen?"

Hans-Christian Kessler schüttelte resigniert den Kopf.

„Früher schon. Aber jetzt nicht mehr. Ich fürchte, Clemens Bachinger hat nie verstanden, was ich meine. Als ich ihm die Entscheidung des Kuratoriums mitteilte, schien er mir nicht begeistert zu sein. Im Gegenteil. Er ist sogar wütend geworden und hat mir Vorhaltungen darüber gemacht, dass wir in ihm immer nur einen Ersatz für Moritz sehen."

„Das ist wirklich sehr aufschlussreich. Noch einmal vielen Dank."

Die Fahrt zum Präsidium verbrachten beide in nachdenklichem Schweigen.

V.

Sebastian Mayer verteilt an die Kollegen eine Kopie der historischen Notenblätter, die sie nach der Entschlüsselung einer Sicherheitsdatei gefunden hatten.

Udo Stempfle warf nur einen kurzen Blick darauf und legte die Kopie dann gelangweilt beiseite. Im Moment beschäftigten ihn andere Dinge. Cornelia Marquardt hingegen vertiefte sich mit großem Interesse in die Notenblätter. Schließlich wandte sie sich an Sebastian Mayer und bemerkte frustriert:

„Ich habe als Schülerin Klavierunterricht gehabt und auch Notenlesen gelernt, aber ich muss gestehen, ich kann mit den Notenblättern nichts anfangen."

Sie schaute ihren Kollegen erwartungsvoll an. Doch der bestätigte nur ihren Eindruck:

„So ging es mir auch – obwohl ich auch Notenlesen kann."

„Ist das eine Partitur?"

„Nein. Der Professor der Musikhochschule, den wir hinzugezogen haben, hat mir erklärt, dass es sich um eine Orgeltabulatur handelt?"

„Eine was?"

„Wenn ich es richtig verstanden habe, sind das Tonschriften, die aus Tonbuchstaben, Ziffern und Notensymbolen auf Linien bestehen und die auch von anderen Instrumenten gespielt werden können."

„Ach so!" Cornelia Marquardts Gesicht spiegelte Verständnislosigkeit.

„Und jetzt gilt es also herauszufinden, ob die Noten tatsächlich von Bach stammen."

Sebastian Mayer, der es sich nicht nehmen lassen wollte, seine Kollegen mit seinem neu erworbenen Wissen zu beeindrucken, machte mit der Hand eine ausladende Geste:

„Offensichtlich hat Bach seine Kompositionen immer nach bestimmten Regeln und Schemata entwickelt, anhand derer man nun – im Nachhinein - verifizieren kann, ob eine Notenabfolge oder ein ganzes Musikstück tatsächlich aus seiner Feder stammt. Also, ob er es komponiert hat. Denn von seinen Originalnotenblättern gab es natürlich unendlich viele Abschriften."

„Natürlich", bemerkte Cornelia Marquardt etwas zerstreut.

Sebastian Mayer war im Begriff, mit seinem Vortrag fortzufahren, als Kommissar Schwerdtfeger den Besprechungsraum betrat. Sein Gesicht durchzogen grimmige Falten.

Augenblicklich trat eine gespannte Stille ein.

„Guten Morgen. Ich komme direkt vom Staatsanwalt. Er ist mit dem Verlauf der Ermittlung nicht zufrieden und drängt auf eine rasche Aufklärung der Mordfälle."

Kommissar Schwerdtfeger zog sich einen Stuhl heran und setzte sich. Dann schaltete er sein Smartphone stumm.

„Zunächst einmal möchte ich Sebastian herzlich danken, dass es ihm so schnell gelungen ist, die Dateien von Moritz Harlander zu dechiffrieren. Damit konnten wir herausfinden, dass Moritz die historischen Notenblätter bei seinen Eltern in seinem ehemaligen Kinderzimmer versteckt hatte. Das war gute Arbeit, Sebastian."

Er warf seinem Kriminaltechniker einen anerkennenden Blick zu.

„Zurzeit", fuhr Schwerdtfeger fort, „werden die Originalblätter von Experten untersucht. Wir können aber schon jetzt davon ausgehen, dass es sich bestätigen wird, dass es Originalhandschriften von Johann Sebastian Bach sind."

„Wahnsinn", rief Cornelia Marquardt begeistert aus. „Das wird in der Musikwelt wie eine Bombe einschlagen."

„Davon kann man ausgehen."

„Neben der Sensation für die Fachwelt sind die Notenblätter aber auch ein veritables Mordmotiv", warf Udo Stempfle ein.

Er wandte sich an Kommissar Schwerdtfeger: „Damit wäre dann Alfred Schmidhuber wieder aus dem Schneider. Denn wir waren uns ja einig, dass er nichts von dem Notenfund weiß."

„Das stimmt", pflichtete ihm Kommissar Schwerdtfeger bei. „Das bedeutet, dass wir in Bezug auf Hartmut Fellner und Friedemann vom Stein noch tiefer graben müssen. Udo und Cornelia, Ihr teilt Euch untereinander die Arbeit auf."

„Und was ist mit Schmidhuber?" fragte Udo Stempfle.

„Den lassen wir für den Moment beiseite. Wir konzentrieren uns jetzt ganz auf die Notenblätter. Ich kann mich des Eindrucks nicht erwehren, dass wir in dieser Hinsicht noch vollkommen im Dunkeln tappen. Das hat jetzt absoluten Vorrang."

„Okay", räumte Stempfle ein und wandte sich an seine Kollegin: „Ich übernehme Fellner."

„Dann kümmere ich mich um Friedemann vom Stein. Gibt es schon eine Auswertung seiner Handydaten?"

Sebastian Mayer nickte:

„Die bringe ich Dir gleich vorbei."

„Ihr müsst mit allen reden, die die beiden näher kennen beziehungsweise gekannt haben. Holt Euch Verstärkung, falls notwendig. Wir müssen in beiden Fällen das gesamte Umfeld durchleuchten. Wir kennen noch immer nicht das Muster, das zentrale Glied der Kette, das beiden Verbrechen zugrunde liegt."

Kommissar Schwerdtfeger schaltete sein Smartphone wieder ein und überflog rasch die neu eingegangenen E-Mails.

„Cornelia, wann treffen wir den Exfreund von Simone?"

„Ich rufe ihn morgen ganz früh an und bestelle ihn für 9 Uhr ins Präsidium."

„Gut." Kommissar Schwerdtfeger nickte. „Wenn ich es mir genau überlege, erwarte ich mir ein paar aufschlussreiche Erkenntnisse von seiner Befragung."

VI.

Kommissar Schwerdtfeger war nach der Besprechung kurz entschlossen in sein Auto gestiegen und zum Feuersee gefahren. In der Rotebühlstraße fand er einen Parkplatz. Er stieg aus seinem Auto und ging die paar Schritte zu Fuß. Wieder einmal überraschte ihn, wie unerwartet man von der verkehrsreichen Straße aus plötzlich vor diesem idyllischen See mit Weiden, Büschen und Enten stand, auf dessen Halbinsel die Johanneskirche thronte. In der Schule hatte er gelernt, dass der Feuersee bereits seit 1703 als Speicher für Löschwasser diente. Später, Ende des 19. Jahrhunderts, wurde er zum städtebaulichen Bezugspunkt des Stuttgarter Westens, wobei die Johannesstraße, die geradewegs auf die Johanneskirche zulief, als zentraler Prachtboulevard vorgesehen war. Bis heute hatte sich in kleinen Abschnitten ein wenig vom Glanz der Gründerzeit erhalten.

Er setzte sich auf eine Bank und starrte in den See.

Er war aus einem bestimmten Grund noch einmal hergekommen. Von seinem früheren Chef, der ihm viel beigebracht hatte, hatte er auch die Angewohnheit übernommen, den Tatort des Verbrechens, nachdem die Spurensicherung ihre Arbeit beendet hatte, noch einmal in Augenschein zu nehmen. Bei den laufenden Ermittlungen hatten sie es mit zwei Tatorten zu tun. Der Staatsanwalt teilte seine Überzeugung, dass die beiden Morde miteinander zusammenhingen – zumal sich die Tatorte - Empore von St. Johannes und Ufergebüsch am Feuersee - in unmittelbarer Nachbarschaft befanden. Damit war ihre Übereinstimmung aber auch schon wieder erschöpft. Der Staatsanwalt hatte sich, nachdem er von dem historischen Notenfund erfahren hatte, frühzeitig auf Raubmord festgelegt. Seine Argumentation erschien dem Kommissar jedoch eher dünn.

Schwerdtfeger ließ seine Blicke schweifen.

Er war davon überzeugt, dass der Tatort, neben den sichergestellten Spuren, die sich im Verlauf der Ermittlung entweder als unbrauchbar oder als Indizien und Beweise erwiesen, seine eigene Geschichte über den Tathergang erzählen konnte. Von Anfang an hatte er daher den beiden Fundorten eine besondere Bedeutung zugesprochen. Vor der Orgel in St. Johannes war die Leiche von Moritz Harlander gefunden worden und ein paar Tage später nur wenige Meter entfernt im Gebüsch die Leiche von Friedemann vom Stein.

Kommissar Schwerdtfeger strich sich über das unrasierte Kinn. Je mehr er über die Ereignisse nachdachte, desto irritierender erschienen sie ihm. Was ihm fehlte, war das Muster. Und solange er es nicht entdeckte, war er trotz aller Ermittlungsergebnisse der Wahrheit kaum näher als an dem Tag, als er sich über die Leiche von Moritz Harlander beugte.

Die Vernehmungen von Alfred Schmidhuber und Hartmut Fellner hatten bislang in Bezug auf die beiden Mordfälle zu keinem greifbaren Ergebnis geführt.

Kommissar Schwerdtfeger stocherte mit einem abgebrochenen Ast auf dem Boden herum und zeichnete lauter verschiedene Kreise, die zum Teil ineinander verschlungen waren.

Am Ende lief alles darauf hinaus den richtigen Leuten die richtigen Fragen zu stellen. Aber wem und welche Fragen.

Noch einmal ließ er sich alle bislang bekannten Fakten durch den Kopf gehen. Die räumliche Nähe der beiden Fundorte untermauerte seine Annahme, dass es sehr wahrscheinlich nur einen Mörder gab. Ebenso wahrscheinlich erschien es ihm mittlerweile, dass das Motiv für beide Morde in dem wertvollen Notenfund von Moritz Harlander lag.

Wie aber passte Clemens Bachinger, der frühere Verlobte von Simone, in das Bild? Darauf hatte er bislang keine plausible Antwort gefunden.

„Ein bisschen dünn, das Ganze", brummte er, „um das Mindeste zu sagen."

Plötzlich durchzuckte ihn ein Gedanke.

Bachinger? Bach. Bachinger?

„Herrschaftszeiten! Das war es. Das macht Sinn", rief er laut aus.

Er verwischte die Kreise und warf den Ast weg.

Er hatte auf einmal das Gefühl, ein wichtiges Puzzleteil gefunden zu haben: Vielleicht bezogen sich die letzten Worte von Moritz Harlander gar nicht auf den Komponisten Johann Sebastian Bach, sondern auf seinen Freund Bachinger. Wenn ja, dann wäre das das fehlende Glied in der Kette. Das Glied, das alle anderen Ermittlungen zusammenführen konnte. Vielleicht. Das Ganze war aber noch mit einem großen Fragezeichen versehen. Denn bislang hatten sie gegen den früheren Verlobten von Simone nichts in der Hand. Für den Mord an Moritz käme derzeit als Motiv nur Eifersucht in Betracht. Aber ob das als Motiv ausreichte. Und selbst wenn, wie passte dann die Ermordung von Friedemann vom Stein ins Bild?

Kommissar Schwerdtfeger runzelte ärgerlich die Stirn.

„Verflixt, der nächste Haken!"

Das Puzzle erwies sich als äußerst widerspenstig. Sobald er ein paar Teile zusammengefügt hatte, wechselte es wieder mit verblüffender Inkonsequenz seine Form.

„Es ist wirklich zum Haare raufen", stöhnte er auf. „Hoffentlich bringt uns die Vernehmung von Clemens Bachinger ein Stück weiter."

Kommissar Schwerdtfeger kämpfte gegen das plötzliche Gefühl an, von den Ereignissen überrollt zu werden und spürte, dass er sich im Moment nur nach einem kühlen Bier mit Marlene sehnte. Er schaute auf seine Uhr und beschloss, dass es für heute reicht, dass er eine Pause brauchte, um dann mit klarem Kopf die Ereignisse neu zu überdenken.

VII.

Clemens Bachinger starrte sein Smartphone in einer Weise an, als könne es ihm Antwort auf eine ganze Reihe von Fragen geben.
  Zum Beispiel, woher hatte Sie seine Telefonnummer?
  „Wahrscheinlich von Simone."
  Seine Mundwinkel sanken verächtlich herab.
  Das hätte er fragen müssen. Unbedingt. Und sich gleich darüber beschweren müssen, dass das so nicht geht.
  Aber nichts davon hatte er getan. Und warum nicht? Weil er sich wieder einmal hatte überrumpeln lassen. Weil ihn der Telefonanruf im ersten Moment völlig aus der Fassung gebracht hatte. Nein, er hatte nicht damit gerechnet und das war wahrscheinlich sein größter Fehler gewesen.
  Schwerfällig setzte sich Clemens Bachinger auf einen Stuhl. Er starrte das Telefon immer noch an. Endlich riss er sich los und warf einen raschen Blick aus dem Fenster auf die Landhausstraße.
  Es hatte keinen Sinn. Er musste der neuen Situation ins Auge sehen.
  Wie aus dem Nichts heraus war der Anruf gekommen. Er war gerade dabei gewesen, sich zu rasieren und nebenbei, wie gewohnt, einen kleinen Espresso zu trinken, als das Telefon läutete. Wenn er nicht so sehr auf einen Anruf von Simone gewartet hätte, hätte er vielleicht genauer auf das Display geschaut und den Anruf nicht entgegengenommen.
  So aber war er in die Falle getappt. Wage erinnerte er sich daran, dass er die Frau schon einmal kurz gesehen hatte, als er nach dem

Mord zu Simone geeilt war, um sie zu trösten. Eine hübsche junge Frau, das war ihm schon damals aufgefallen. Er hatte sofort den Gedanken gehabt, wie um alles in der Welt so jemand Polizistin werden konnte. Nun, das war ihre Sache.

Dass er diese Möglichkeit nicht in Betracht gezogen hatte, war ein Fehler gewesen, den er jetzt bitter bereute. Ob sie wohl nachher auch dabei sein wird? Die Gedanken wirbelten in seinem Kopf hin und her und er hatte alle Mühe sich zu konzentrieren.

Er schaute auf die Uhr und stellte erschrocken fest, dass er in 10 Minuten gehen musste, um rechtzeitig im Präsidium zu sein. Aber eigentlich sollte er noch einmal unter die Dusche gehen und sich ein frisches Hemd anziehen. Doch das würde er nicht mehr schaffen.

Und wenn er einfach nicht hingehen würde? Was könnte ihm schon passieren. Er könnte am Ende sogar behaupten, dass ihm die Assistentin vom Kommissar eine falsche Uhrzeit genannt habe.

Er überlegte kurz, verwarf dann aber den Gedanken.

So wurde er sein Problem nicht los.

Nervös fuhr er sich durchs Haar.

Es war ihm nach wie vor schleierhaft, wie die Polizei auf ihn gekommen war. Denn nichts deutete darauf hin, dass er irgendetwas mit der Ermordung von Moritz zu tun haben könnte. Geschweige denn, mit der Ermordung von Friedemann vom Stein. Dem Freund von Moritz, den er nur ganz oberflächlich kannte und dessen arroganter Art er alle Verachtung, derer er fähig war, entgegengebracht hatte. Bei Moritz war das anders gewesen. Sie waren beste Freunde gewesen, bis zu dem Tag, als er ihm die Freundin nahm und sein Leben zerstörte.

Eifersucht durchflutete in heißen Wellen seinen Körper. Er nahm die Fotografie von Simone, die immer noch auf seinem Schreibtisch stand, in die Hand.

Warum hatte sie ihm das nur angetan?

Er nahm seinen unterbrochenen Gedankengang wieder auf.

Was wollte die Polizei von ihm? Sie hatten nichts gegen ihn in der Hand.

Plötzlich stockte ihm der Atem.

Es sei denn, Simone hätte dem Kommissar und seiner Assistentin in ihrer grenzenlosen Naivität erzählt, dass sie ihm beim Frühlingsfest – entgegen dem Verbot von Moritz – von dem Notenfund erzählt hatte. Hatte nicht Simone bei ihrem letzten Treffen darüber berichtet, dass sowohl der Kommissar als auch diese entsetzliche Fanny Hofreiter, deren Neugierde ihm immer schon auf die Nerven gegangen war, den Fund der Noten für ein hinreichendes Tatmotiv hielten. Schließlich handelte es sich bei dem Fund sehr wahrscheinlich um originale Notenblätter von Johann Sebastian Bach.

Mit zusammengezogenen Brauen starrte Clemens Bachinger vor sich hin. Und wieder war es Moritz gewesen, der diesen Fund gemacht hatte. Irgendwo in einem halb verrotteten Kirchenarchiv hatte er die Blätter zufällig entdeckt. Wie konnte es auch anders sein. Nicht er, Clemens, nein Moritz, immerzu Moritz hatte den sensationellen Fund gemacht. Aber Simone hatte es ihm verraten, gegen den Willen von Moritz.

Aber hatte sie dieses Gespräch auch der Polizei verraten.

Musste er deshalb jetzt ins Präsidium gehen. Zum Verhör.

Er warf noch einmal einen Blick auf die Fotographie.

Dann wandte er sich abrupt ab.

Ein bitterer Zug glitt über sein Gesicht.

Auf Simone hatte er sich noch nie verlassen können.

Er stand auf.

Es war egal, ob die Polizei etwas wusste.

Sie konnten ihm keinen Strick daraus drehen.
Weil er die Noten nicht hatte.
Noch nicht.

VIII.

„Nur herein. Schließen Sie die Tür und nehmen Sie Platz."

Clemens Bachinger setzte sich im Büro von Kommissar Schwerdtfeger auf einen Stuhl und lehnte sich herausfordernd lässig zurück.

Der Kommissar nahm von einem eintretenden Polizisten einige Berichte entgegen, gab ihm ein paar Anweisungen und sah schließlich sein Gegenüber neugierig an.

„Mein Name ist Kommissar Schwerdtfeger und das ist meine Mitarbeiterin Cornelia Marquardt, die während unserem Gespräch anwesend sein wird."

Clemens Bachinger warf der Assistentin einen schnellen Blick von der Seite her zu und sagte dann mit einer gewissen Gereiztheit:

„Ich habe mich zu diesem Gespräch bereit erklärt, zu dem Sie mich erst heute am frühen Morgen einbestellt haben, obwohl ich keine Ahnung habe, was Sie von mir wollen und wie ich Ihnen behilflich sein kann. Also bringen wir es rasch hinter uns."

Kommissar Schwerdtfeger überging die Bemerkung.

Stattdessen betrachtete er aufmerksam das kräftige Gesicht mit den hellbraunen Augen unter buschigen Brauen. Beachtenswerte Form des Kinns und Nackens, sinnierte er. Der erste Eindruck vermittelte Selbstvertrauen. Hinter dem forschen Auftreten spürte er jedoch eine starke Nervosität.

Unvermittelt fragte er in scharfem Ton:

„Kannten Sie Friedemann vom Stein?"

„Wen?" fragte Clemens Bachinger mit gedehnter Stimme.

„Friedemann vom Stein", wiederholte der Kommissar mit Nachdruck.

„Nein, den Namen habe ich noch nie gehört. Wer soll das sein?"

„Sind Sie sicher?"

„Ja!"

Die Haltung von Clemens Bachinger versteifte sich. Sein Blick war fest auf etwas an der gegenüberliegenden Wand gerichtet.

Kommissar Schwerdtfeger hatte keine Zweifel. Die Art, wie Clemens Bachinger geantwortet hatte, brachte ihn auf den Gedanken, dass er nicht die Wahrheit sagte. Er beendete die unangenehme Gesprächspause, wobei er sich keine Mühe gab, seine Skepsis zu verbergen:

„Das kommt mir reichlich seltsam vor. Schließlich sind Sie seit Jahren Mitglied des „Vereins der Freunde der Stuttgarter Kirchenmusik" und mit Moritz Harlander befreundet. Und da soll Ihnen Friedemann vom Stein nie begegnet sein. Ein Computerspezialist, der sich sehr für den Komponisten Johann Sebastian Bach und seine Orgelkonzerte interessiert hat?"

Clemens Bachinger öffnete den Mund, um etwas zu sagen, überlegte es sich dann offensichtlich anders und schwieg.

Kommissar Schwerdtfeger unterdrückte den Impuls, auf den Tisch zu hauen. Stattdessen sagte er betont sachlich:

„Ich werde Sie solange fragen, bis ich von Ihnen eine zufriedenstellende Antwort erhalten habe. Und ich sage Ihnen, ich habe sehr viel Zeit. Also noch einmal: Sie wollen allen Ernstes behaupten, dass sie Friedemann vom Stein nicht kennen?"

Kommissar Schwerdtfeger klopfte mit einem Bleistift auf die Tischplatte und nagelte sein Gegenüber mit seinem Blick fest.

Clemens Bachinger begann nervös auf seinem Stuhl hin und her zu rutschen. Er machte zunehmend einen angespannten Eindruck.

Ein paar Sekunden schien er das Für und Wider reiflich abzuwägen. Dann entschied er sich für eine Antwort. Er straffte die Schultern, zögerte noch einen Augenblick und antwortete dann so beiläufig wie es ihm eben möglich war:

„Ach so, Sie meinen Friedemann ..."

„Ja, genau, ich meine Friedemann, schon die ganze Zeit", antwortete Kommissar Schwerdtfeger gereizt.

„... den Computerfreak. Den Moritz in den Verein gebracht hat. Den kannte ich so gut wie gar nicht."

Clemens Bachinger machte eine verächtliche Handbewegung.

„Der wollte mit dem Computer Musik machen. Bach kopieren. Stellen Sie sich das vor. Und jetzt ist er auch ermordet worden. Doch ..."

„Woher wissen Sie das?" fiel ihm Kommissar Schwerdtfeger scharf ins Wort.

„Na aus der Zeitung natürlich ...".

"Da stand aber nicht sein voller Name", warf Cornelia Marquardt ein.

„Stimmt. Aber ich hab' mir so meine Gedanken gemacht und dann hat mir Simone erzählt, was passiert ist. Aber ich habe damit überhaupt nichts zu tun."

Kommissar Schwerdtfeger notierte sich in Gedanken ein paar Punkte, die Cornelia Marquardt später für ihn recherchieren sollte.

„Was wissen Sie über den Notenfund von Moritz Harlander?"

„Nichts", antwortete Clemens Bachinger eine Idee zu schnell, wie der Kommissar insgeheim feststellte.

„Sind Sie sich da ganz sicher?"

„Ja."

„Ist es nicht so, dass Simone Ihnen von dem Fund berichtet hat?"

Clemens Bachinger zuckte gelangweilt mit den Schultern.

„Ach so ja, aber nur ganz vage. Das war glaube ich auf dem letzten Frühlingsfest. Da hat sie so eine Andeutung gemacht. Dabei war sie aber schon ganz schön beschwipst gewesen. Sie hat mir aber auch erklärt, dass Moritz nicht wünsche, dass jemand davon weiß, weil alles noch gar nicht sicher ist und er die Notenblätter erst untersuchen lassen muss. Deshalb habe ich das Ganze auch wieder vergessen. Ich habe dem keine Bedeutung beigemessen."

„Und das sollen wir Ihnen glauben?"

Kommissar Schwerdtfeger hatte erneut den Eindruck, dass Clemens Bachinger nicht die Wahrheit sagte. Dass er mehr über den Notenfund wusste, als er zugab. Er ließ den Gedanken jedoch zugunsten einer weitaus wichtigeren Frage fallen.

Er wagte einen Schuss ins Blaue.

„Waren Sie auf Moritz Harlander so eifersüchtig, dass sie es nicht aushalten konnten, dass Simone jetzt mit ihm …"·

Das Ergebnis dieses Schusses übertraf in seiner Heftigkeit die kühnsten Erwartungen des Kommissars.

Clemens Bachinger saß wie vom Donner gerührt auf seinem Stuhl und starrte den Kommissar wutverzerrt an:

„Niemals! Ich …", kreischte er.

Kommissar Schwerdtfeger schnitt ihm jedoch kühl das Wort ab:

„In den vergangenen Tagen ist uns durch mehrere Zeugenaussagen zur Kenntnis gebracht worden, dass Sie tatsächlich sehr eifersüchtig auf Moritz waren."

„Nein!"

Das Blut schoss Clemens Bachinger in Wellen ins Gesicht. Seine zitternden Hände umklammerten die Tischkante. Er hatte sichtlich Mühe, sich zu beherrschen. Hitzig fügte er hinzu: „Was sollen das für Zeugen sein? Können Sie mir ihre Namen nennen?"

Kommissar Schwerdtfeger antwortete nicht.

„Die lügen sowieso alle miteinander."

„Auch Simone?" hakte Kommissar Schwerdtfeger nach.

„Wieso Simone? Was hat Simone damit zu tun?"

Clemens Bachingers Augen verengten sich zu kleinen Sehschlitzen. In seinen Schläfen hämmerte der Puls. Er befand sich in einem beträchtlichen Gemütsaufruhr.

„Wollen Sie etwa behaupten", fragte er ungläubig, „dass Simone gegen mich ausgesagt hat. Ist es das, was Sie mir sagen wollen?"

Kommissar Schwerdtfeger überging die Frage. Stattdessen fuhr er unbeirrt fort:

„Darüber hinaus haben wir erfahren, dass Sie auch neidisch auf die Karriere von Moritz Harlander waren. Er war der bessere Organist und das konnten Sie nicht ertragen. Wollen Sie sich dazu äußern?"

Clemens Bachinger schüttelte den Kopf. Dann wandte er sich jäh ab und starrte nur noch auf einen dunklen Fleck an der Wand.

Kommissar Schwerdtfeger warf dem jungen Mann einen raschen Blick zu. Lebhaftes Temperament lautete sein Urteil. Unter gewissen Umständen dürfte mit ihm schlecht Kirschen essen sein. Ungefähr das, was man als einen gefährlichen jungen Mann bezeichnet.

IX.

Udo Stempfle hatte das Auto in der Nähe des Musikantiquariats in der Mozartstraße geparkt. Von dort aus hatte er den Eingang des Geschäfts, in das vor wenigen Minuten Hartmut Fellner eingetreten war, gut im Blick.

Er zündete sich eine Zigarette an und kurbelte das Seitenfenster herunter. Plötzlich fiel ihm wieder das Gespräch mit Kommissar Schwerdtfeger ein, was ihm in Sekundenschnelle die Laune verdarb.

Mit zusammengezogenen Brauen starrte er vor sich hin.

Zuerst hatte er es gar nicht glauben wollen, dass der Kommissar ihn von den Ermittlungen zu Alfred Schmidhuber abgezogen hatte. Wo er den Vereinsvorsitzenden doch des Betrugs überführt hatte. Und es leuchtete ihm auch jetzt noch nicht ein, warum Schmidhuber in Bezug auf die Ermordung von Moritz Harlander und auch von Friedemann vom Stein aus dem Schneider sein sollte.

Empört schlug er mit der rechten Hand auf das Lenkrad.

Nein, in diesem Fall stimmte er keineswegs mit dem Chef überein. Im Gegenteil! Wenn er es sich genau überlegte, hatte er zwischenzeitlich eine eigene Theorie entwickelt. Und wenn er die Möglichkeit gehabt hätte, Schmidhuber noch einmal so richtig in die Mangel zu nehmen, dann wäre es ihm bestimmt gelungen, aus ihm ein Geständnis herauszuholen.

Udo Stempfle stopfte sich hungrig den Rest einer alten Butterbrezel in den Mund und warf die zerknüllte Papiertüte auf den Fußboden des Beifahrersitzes.

Plötzlich schoss ihm ein quälender Gedanke erneut durch den Kopf. Wie es aussah, wollte ihm zurzeit überhaupt nichts gelingen. Seit Jenny ihn verlassen hatte, ging es irgendwie bergab mit ihm. Das spürte er deutlich.

Sein Blick verfinsterte sich.

Und dem Kommissar konnte er überhaupt nichts mehr recht machen. Dabei war er sich so sicher, dass Schmidhuber ...

Die Ladentür öffnete sich und riss Udo Stempfle aus seinen gereizten Überlegungen. Als jedoch nur eine ältere Dame das Antiquariat verließ, widmete er sich wieder seinen trübsinnigen Gedanken.

Anstelle Schmidhuber zu verhören, saß er hier und hatte den Auftrag, Hartmut Fellner zu observieren. Wie zu erwarten, war der Gutachter gestern aus der U-Haft entlassen worden mit der Auflage, Leipzig nicht zu verlassen. Die Kollegen hatten sich jedoch sofort an seine Fersen geheftet. Hartmut Fellner war zunächst in seine Geschäftsräume gegangen. Kurze Zeit später hatte er die Wohnung wieder verlassen und war direkt zum Hauptbahnhof gefahren, wo er sich in den nächsten Intercity nach Stuttgart gesetzt hatte. Die Kollegen hatten Bescheid gegeben und so hatte er nach Fellners Ankunft am Stuttgarter Hauptbahnhof die Observation übernommen.

Im Team hatten sie über den Fall ausführlich gesprochen. Auch wenn es Hartmut Fellner vehement abstritt, aufgrund der Aussage des Einbrechers war davon auszugehen, dass der Sachverständige den Einbruch in die Wohnung von Moritz Harlander in Auftrag gegeben hatte, weil er unbedingt an die Noten kommen wollte. Offen blieb allerdings die Frage, aus welchem Grund er Moritz Harlander umbringen sollte, solange er die Noten noch nicht in seinem Besitz hatte. Das machte keinen Sinn. Es sei denn, es war Totschlag im Affekt, weil der Student ihm aus irgendeinem Grund die Dokumente doch nicht aushändigen wollte. Als ihm dann klar geworden war, was er angerichtet hatte, heuerte er den Kleinkriminellen an, in der Wohnung die Noten zu suchen. Doch das ging ebenfalls schief.

Udo Stempfle warf seine Zigarettenkippe aus dem Fenster und öffnete eine Colaflasche, die er in einem Zug halbleer trank.

Und jetzt war Fellner nach Stuttgart gekommen, wahrscheinlich weil er auch so ein Freak war und besessen von dem Gedanken, den wertvollen historischen Fund an sich zu bringen.

Über Stempfles Gesicht huschte ein verächtlicher Zug.

Dabei hat er keine Ahnung, dass wir die Noten bereits gefunden haben.

Wieder öffnete sich die Ladentür.

Udo Stempfle schaute kurz auf und setzte dann sein stummes Gespräch fort.

So könnte es gewesen sein. Nach Kommissar Schwerdtfeger war das ein möglicher Tathergang. Und es war natürlich interessant zu wissen, was Hartmut Fellner veranlasst haben konnte, entgegen den gerichtlichen Auflagen, überstürzt nach Stuttgart zu fahren. War es nur seine Gier oder steckte doch mehr dahinter?

Udo Stempfle schüttelte energisch mit dem Kopf. Er war da entschieden anderer Meinung als der Kommissar.

Nur dann, wenn ihm Moritz Harlander die historischen Notenblätter auf gar keinen Fall geben wollte, hätte Fellner ein Mordmotiv gehabt. Wobei er aber logischerweise zuerst versucht haben würde, irgendwie an die Noten zu kommen. Ein toter Student konnte ihm schließlich keine Auskunft mehr geben. Insoweit entlastete ihn seine Suche eigentlich eher von dem Mordverdacht.

Und damit war er wieder bei Alfred Schmidhuber. Der Vorsitzende des Musikvereins hatte in seinen Augen dagegen ein absolut einleuchtendes Mordmotiv. Moritz Harlander wollte ihn wegen seiner Unterschlagung von Vereinsgeldern ans Messer liefern. Darüber hinaus hatten die beiden einen heftigen Streit, der von einer Zeugin beobachtet wurde. In dessen Verlauf Schmidhuber sogar Morddrohungen gegen Moritz Harlander ausgestoßen hatte. Wenn das nicht ein astreines Motiv war.

Stempfle war natürlich klar, dass seine Theorie, die er Schritt für Schritt entwickelt hatte, zwar etliche Fakten des Falls erklärte, auf der anderen Seite aber auch noch viele Fragen offenließ.

Egal. Er würde trotzdem auf Schmidhuber setzen.

Plötzlich ging die Ladentür erneut auf und Hartmut Fellner trat auf die Straße. Er stieg hastig in das Taxi ein, das er bestellt hatte.

Udo Stempfle drehte den Zündschlüssel um und setzte mit quietschenden Reifen zurück.

X.

Sie war zielstrebig auf den hinteren Nischentisch des kleinen italienischen Restaurants in der Herderstraße, an welchem sie so oft mit Moritz gesessen hatte, zugesteuert. Sekundenlang blieb sie regungslos sitzen. Dann wischte sie sich die Tränen aus den Augen. Simones Nerven waren mittlerweile in einem beklagenswerten Zustand. Ihre Hände zitterten und ihr Gesicht war leichenblass.

Gott sei Dank hatte Erika Zeit und sich spontan bereit erklärt, sich mit ihr zu treffen. Sie hätte sonst nicht gewusst, wohin mit ihrer Verzweiflung nach diesem entsetzlichen Telefonat mit Clemens.

Sie bestellte bei dem jungen Kellner, der sie freundlich begrüßte, ein Glas Rotwein und versank danach wieder in ihren trübsinnigen Gedanken.

War es denn nicht schon schlimm genug, dass Moritz tot war? Manchmal schien es ihr, dass der Schock es ihr noch verwehrte, den Verlust zu begreifen. Immer wieder ertappte sie sich dabei, wie sie in ihrer Wohnung auf die Tür starrte in der Hoffnung, er würde gleich eintreten und es würde alles wieder gut werden. Aber nein, jetzt war auch noch Friedemann tot. Und beide ermordet. Vor dieser Tatsache versagte ihr Verstand. Es war unfassbar.

Sie schluchzte laut auf und verbarg ihr Gesicht hinter einem großen Taschentuch als der Kellner den Wein brachte.

Gott sei Dank kam Erika. Mit ihr konnte sie alles besprechen. Vor allem wie sie sich Clemens gegenüber verhalten sollte. Ihr Körper zitterte, als sie sich an das letzte Telefonat mit ihm erinnerte. Warum bedrängte er sie nur so. Hier wurden ihre Gedanken unterbrochen.

„Früher ging es leider nicht. Aber jetzt bin ich da. Ich bestelle mir nur auch rasch einen Rotwein und dann erzählst Du mir alles."

Erika beugte sich zu ihrer Freundin und gab ihr einen flüchtigen Kuss auf die Wange. Sie gab ihre Bestellung auf und nachdem der Kellner verschwunden war, setzte sie sich hin und sah Simone über den Tisch hinweg an.

„Also, was hat Clemens Dir getan?"

Simone setzte zu einer Antwort an, öffnete den Mund und schloss ihn dann wieder.

„Komm, erzähl es einfach", drängte Erika behutsam und legte eine Hand auf den Arm ihrer Freundin.

Plötzlich schoss Farbe in Simones Gesicht und sie begann zu reden. Zunächst stockend, doch dann sprach sie mit nervöser Hast, die Worte stürzten ihr fast von den Lippen.

„Ich hatte gedacht", schloss sie atemlos, „dass zwischen Clemens und mir alles geklärt ist. Aber jetzt – nach Moritz Tod – wird Clemens so aufdringlich, dass ich mittlerweile richtig Angst vor ihm habe."

Ein finsterer Blick verschattete Erikas Gesicht.

„So wie Du es schilderst, benimmt sich Clemens wie ein Stalker. Und ehrlich gesagt, das wundert mich nicht. Im Gegenteil …"

„Wieso?"

„Wieso? Das fragst Du mich? Jeder wusste doch, dass Clemens immer noch in Dich verliebt und rasend eifersüchtig war."

Simone riss erschrocken die Augen auf:

„Oh!" hauchte sie fast tonlos.

„Wahrscheinlich wolltest Du es einfach nicht wahrhaben. Aber der Moritz, der hat es begriffen und er hat sehr darunter gelitten, dass Du immer noch so viel Zeit mit Clemens verbracht hast."

Simone schwieg einen Augenblick. Sie nagte an ihrer Unterlippe. Erst schien sie zu zögern, doch dann sagte sie:

„Das wusste ich nicht. Wirklich."

Erika warf ihrer Freundin einen vorwurfsvollen Blick zu: "Du wolltest es einfach nicht wissen."

Plötzlich stieß Simone einen spitzen Schrei aus. Ihr Gesicht wurde aschfahl.

„Was ist los?" Erika setzte das Weinglas, aus dem sie gerade trinken wollte, ab und starrte Simone an.

Sekundenlang verharrte Simone wie erstarrt. Ihre Stimme zitterte, als sie schließlich zu sprechen begann:

„Es ist nur. Ich schäme mich so."

„Aber warum denn?"

„Weil ich Clemens aus einer dummen Laune heraus von dem Notenfund erzählt habe. Moritz tat immer so geheimnisvoll und ich musste ihm versprechen, niemandem etwas zu sagen. Das fand ich so albern und deshalb habe ich auf dem Frühlingsfest ..."

„Du hast was?" unterbrach sie Erika verblüfft.

„ ..... heute weiß ich, dass es ein großer Fehler war. Aber damals. Ich war nur wütend auf Moritz."

Einen Augenblick lang herrschte entsetztes Schweigen.

„Gütiger Himmel!" rief Erika schließlich schockiert aus, „jetzt verstehe ich endlich."

Sie brach abrupt ab. Die Überraschung lähmte sie für einen Augenblick. Unzusammenhängende Erinnerungen schossen ihr blitzartig durch den Kopf. Es dauerte einen Moment bis sie ihre Sprache wieder fand.

„Jetzt verstehe ich endlich den Sinn eines Gesprächs zwischen Moritz und Clemens, welches ich zufällig mitbekommen habe. Dabei ging es auch um Friedemann..."

Sie schaute Simone an.

„Du hast doch schon einmal mit Fanny Hofreiter gesprochen."

Simone nickte.

„Und die kennt doch den ermittelnden Kommissar, wenn ich richtig informiert bin."

"Ja."

„Du musst unbedingt noch einmal mit ihr sprechen und ihr alles über Clemens erzählen. Hörst Du, alles!"

Erika warf ihrer Freundin einen strengen Blick zu.

„Aber ich schäme mich so", flüsterte Simone.

„Trotzdem. Du musst sie noch heute anrufen."

Dann drehte sich Erika auf ihrem Stuhl um und winkte dem Kellner.

„So und jetzt bestellen wir uns Spaghetti frutti di mare."

XI.

„Meiner Meinung nach", schloss Udo Stempfle seinen Bericht, „war Hartmut Fellner nur aus dem Grund in Stuttgart, um herauszufinden, ob die historischen Notenblätter bereits im Umlauf sind. Er ist kreuz und quer durch die Stadt gefahren – nur die Wohnungen von Moritz Harlander und Friedemann vom Stein hat er weiträumig gemieden. Ansonsten, wie gesagt, Musikhochschule, Archive, verschiedene Antiquariate etc. Am Ende ist er dann unverrichteter Dinge mit dem letzten Zug wieder nach Leipzig zurückgefahren."

Udo Stempfles Gesichtszüge waren mit Sicherheit ebenso frustriert wie die von Hartmut Fellner nach seiner Abfahrt aus Stuttgart. Er klappte seinen Laptop zu und schaute den Kommissar herausfordernd an.

„Er hat mich also den ganzen Tag durch die Stadt gejagt – für nichts."

Kommissar Schwerdtfeger ging auf die Bemerkung nicht ein. Er hatte seinem Assistenten aufmerksam zugehört und seine eigenen Schlüsse daraus gezogen. Für ihn hatten die Ermittlungen zwischenzeitlich eine andere Wendung genommen. Er war ebenfalls der Überzeugung, dass der Gutachter nur ein gieriger Dieb war. Bei Alfred Schmidhuber war er sich eigentlich auch sicher. Die große Unbekannte bei seinen Überlegungen war immer noch die fehlende Antwort auf die Frage, warum Friedemann vom Stein ermordet wurde. Für den Moment schob er diesen Gedanken jedoch beiseite.

„Kann ich jetzt also wieder meine Ermittlungen zu Alfred Schmidhuber aufnehmen. Ich denke nämlich, dass ..."

„Nein!" schnitt Kommissar Schwerdtfeger Udo Stempfle das Wort ab.

Es folgte ein betretenes Schweigen. Das scharfe Nein hatte sein Team anscheinend verblüfft. Der Kommissar versuchte daher, die Wirkung zu mildern und fügte erläuternd hinzu:

„Zuerst werde ich jetzt über die Vernehmung von Clemens Bachinger berichten. Dann sehen wir weiter."

Udo Stempfle hob zweifelnd die Schulter und ließ sie dann wieder fallen.

Kommissar Schwerdtfeger ordnete kurz seine Unterlagen und sprach dann eine halbe Stunde über den Stand der Ermittlungen. Dabei betonte er hier und da einen Punkt, indem er auf das eine oder andere Dokument aus der Mappe verwies, die Cornelia Marquardt für die Sitzung zusammengestellt hatte.

Während dieser Zeit unterbrach ihn keiner aus dem Team und als der Kommissar geendet hatte, blieben alle noch eine Zeitlang schweigend sitzen.

„Nun?" fragte Schwerdtfeger und blickte in die Runde „was denkt Ihr?"

„Also", begann Cornelia Marquardt zögerlich, wobei sie sich eine Haarsträhne aus der Stirn strich, „es kommt einem völlig unglaublich vor, dass auch Clemens Bachinger ein Motiv mindestens für den Mord an Moritz Harlander gehabt haben könnte."

„Aber es passt. Wir haben uns von Anfang an zu stark auf den Streit von Moritz mit dem Vorsitzenden auf der einen Seite und den Notenfund auf der anderen Seite konzentriert. Und dabei eines der häufigsten Motive außer Acht gelassen. Eifersucht."

„Mag sein. Aber was ist mit Friedemann vom Stein. Warum sollte Clemens Bachinger auch ihn ermordet haben?"

„Darauf eine Antwort zu finden ist jetzt unsere vorrangige Aufgabe."

Kommissar Schwerdtfeger riss eine Seite mit den offenen Fragen zu Clemens Bachinger aus seinem Notizbuch. Er wandte sich an Cornelia Marquardt:

„Bitte überprüfe das. Und da sind noch ein paar andere Dinge, die Du für mich herausfinden musst."

Er kritzelte noch ein paar Zeilen auf das Blatt und gab es ihr.

„In Ordnung. Wird erledigt."

Der Kommissar erteilte noch weitere Anweisungen. Dann stürmte er grußlos aus dem Besprechungsraum.

Ihm war plötzlich etwas eingefallen.

XII.

Fanny Hofreiter stellte die Kanne mit dem frisch gebrühten Kaffee auf den Tisch und setzte sich in einen Sessel. Sie betrachtete still Anton Merkle, der auf dem Sofa saß und eifrig im Lokalteil der Zeitung blätterte. Insgeheim gestand sie es sich zum wiederholten Male ein, dass Anton sie doch sehr an ihren verstorbenen Mann erinnerte. Das volle, fast weiße Haar, das sein Gesicht einrahmte, die etwas zu dicke Nase und das römische Profil, auf das ihr Mann so stolz war.

Ein leises Lächeln huschte über ihr Gesicht.

Nur ihre Leidenschaft fürs Kriminalisieren, die hatte er nicht geteilt.

Fanny Hofreiter setzte sich aufrecht hin und strich ihren karierten Faltenrock glatt. In dieser Hinsicht war er anders gewesen. Nicht so interessiert wie Anton, der es sich heute Vormittag nicht hatte nehmen lassen und mit ihr in die Landesbibliothek gegangen war. Dort hatten sie stundenlang in einschlägigen Fachzeitschriften und Büchern geschmökert und sich kundig gemacht über das Geschäft mit den Funden von musikalischen Originalniederschriften. Sie hatten dabei manch spannende Geschichte über die detektivische Suche nach originalen Notenblättern von berühmten Komponisten gelesen, die bis dato als verschollen galten. Die Archivare und professionellen Sammler hatten keine Mühen gescheut und waren zum Teil durch ganz Europa und nach Übersee gereist, um anhand der spärlichen Überlieferungen die verschollenen Werke aufzuspüren. So waren auch einige Choräle, die eindeutig Johann Sebastian Bach zugeschrieben wurden, wieder aufgefunden worden. Zum Teil in verstaubten Kladden in alten verfallenen Kirchenarchiven, um die sich jahrhundertelang keine Menschenseele gekümmert hatte. So wie bei Moritz ....

„Jetzt würde ich doch gern eine Tasse Kaffee trinken."

Anton Merkle faltete die Zeitung zusammen.

„Oh! Entschuldigung! Ich war ganz in Gedanken."

Fanny Hofreiter nahm die Kaffeekanne und schenkte ihm ein.

Nachdem er die Hitze ein wenig weggepustet hatte, trank Anton Merkle einen kräftigen Schluck und nahm sich anschließend eines der köstlichen Schokoladeplätzchen, die Fanny Hofreiter immer zum Kaffee oder Tee servierte. Er sinnierte ein wenig vor sich hin und bemerkte dann:

„Unsere Recherchen in der Bibliothek waren ja alles in allem sehr interessant. In der Tat. Aber bringen sie uns auch in unseren Ermittlungen weiter?"

Fanny Hofreiter nickte bedächtig mit dem Kopf und verfiel sogleich wieder in ein tiefes Nachdenken, wobei sie die Fakten des Falls in ihrem Kopf wälzte, ein wenig verstört und beträchtlich verwirrt.

„Ich bin mir noch nicht sicher. Ehrlich gesagt habe ich im Moment das Gefühl, als hätte ich ein bisschen den Boden unter den Füßen verloren.

Sie atmete ein paar Mal tief durch, in der Hoffnung, damit auch ihre sich überstürzenden Gedanken wieder etwas ordnen zu können.

Anton Merkle warf ihr einen erstaunten Blick zu.

„Ach so", war sein Kommentar, „ich verstehe."

Aus seinem Tonfall ging jedoch hervor, dass er nichts verstand.

„Es ist nur so, dass ich die ganze Zeit an das letzte Telefonat mit Simone denken muss. Ich hatte dabei das Gefühl, dass sie sich von Clemens stark bedrängt fühlt. Offensichtlich benimmt er sich in letzter Zeit wie ein Stalker."

Fanny Hofreiter runzelte ärgerlich die Stirn.

„Das geht natürlich entschieden zu weit", pflichtete ihr Anton Merkle bei.

„Ich fürchte, seine Eifersucht hat ihn den Verstand verlieren lassen. Und wenn ich es mir genau überlege, könnte darin auch das Mordmotiv liegen."

Anton Merkles Augenbrauen hoben sich fragend in die Höhe.

Doch Fanny Hofreiter schwieg. Sie goss sich noch eine Tasse Kaffee ein und vergaß dann, sie zu trinken. Sie starrte ins Leere, während ihre Gedanken noch einmal zu dem letzten Gespräch mit Simone wanderten.

Plötzlich klingelte es.

Anton Merkle, der sich wieder in seine Zeitung vertieft hatte, fuhr hoch und schaute Fanny Hofreiter fragend an.

„Wer kann das sein?"

Fanny Hofreiter schaute auf ihre Uhr:

„Der Postbote war schon da. Vielleicht jemand aus dem Haus."

Sie erhob sich mühsam aus ihrem Sessel und öffnete die Wohnungstür. „Was macht Ihr denn hier?" rief sie überrascht aus und fügte, als sie in die verzweifelten Gesichter von Maria und Helmut Harlander blickte, sofort besorgt hinzu: „Ist etwas passiert? Kommt doch rein."

Maria Harlander sank auf einen Stuhl. Tränen liefen ihr übers Gesicht:

„Simone ist verschwunden. Sie ist gestern Abend nicht wie verabredet zu uns gekommen und wir können sie seither telefonisch nicht mehr erreichen."

„Was?" rief Anton Merkle entsetzt aus. „Das kann doch nicht wahr sein."

„Was ist denn passiert", rief Fanny Hofreiter aufgeregt dazwischen. Sie schob Helmut Harlander zum Sofa, während Anton Merkle aus der Küche zwei Kaffeetassen holte.

„Jetzt trinkt erst einmal eine Tasse Kaffee und dann erzählt Ihr uns ganz genau, was passiert ist."

Als die beide ihren äußerst wirren Bericht, während dem Fanny Hofreiter immer wieder behutsam dazwischenfragen musste, um überhaupt etwas zu verstehen, beendet hatten, herrschte entsetztes Schweigen.

Maria Harlander begann erneut leise zu weinen.

„Ich hätte es wissen müssen", flüsterte Fanny Hofreiter.

Nach einer kleinen Pause folgte sie einer plötzlichen Eingebung und sagte:

„Ihr müsst zur Polizei gehen."

XIII.

Kommissar Schwerdtfeger stand der Ärger ins Gesicht geschrieben. Er stürmte durch den langen schmucklosen Gang im Polizeipräsidium und nickte nur andeutungsweise, wenn Kollegen ihn freundlich grüßten. Schließlich erreichte er sein Büro, riss die Tür auf und schlug sie hinter sich zu.

Er war immer noch wütend. Gereizt warf er seine Unterlagen auf den Schreibtisch und ging in seinem kleinen Arbeitszimmer auf und ab, als könne er durch die Bewegung einen neuerlichen Zornausbruch eindämmen.

Schließlich setzte er sich an seinen Schreibtisch.

Die Dienstbesprechung war eine Katastrophe gewesen. Im Grunde genommen lehnte er diese großen Besprechungsrunden, in welchen die einzelnen Teamleiter über den Stand ihrer jeweiligen Ermittlungen referierten, kategorisch ab. Auch wenn er dem Argument seines Kollegen und Freundes Emil Meininger beipflichten musste, dass der gedankliche Austausch über die einzelnen Fälle auch konstruktiv sein konnte, so waren die Sitzungen in seinen Augen meistens verlorene Zeit, die er sinnvollerweise in die eigenen Ermittlungen gesteckt hätte. Auch hatte er eine gewisse Scheu davor, vor den Kollegen über einen noch ungelösten Fall zu referieren und sich damit gezwungen zu sehen, Zusammenhänge erläutern zu müssen, die sich ihm selbst noch nicht endgültig erschlossen hatten. Die Kritik ließ in solchen Fällen nicht lange auf sich warten.

Er stand auf, um erneut durch das Zimmer zu wandern. Als er sich wieder setzte, kam die unliebsame Erinnerung sofort ins Gedächtnis zurück.

Denn heute war es ganz besonders schlimm gewesen. Zwei unaufgeklärte Mordfälle und noch kein Lösungsansatz, geschweige denn eine Verhaftung in Sicht. Während der Sitzung hatte er es für klüger gehalten, keinen Kommentar zu den spitzen Bemerkungen des Staatsanwalts zu geben.

Doch jetzt war er für einen Augenblick außerstande, seine rasch aufbrandende Wut zu unterdrücken. Missmutig starrte er vor sich hin, während seine Gedanken zu den Ereignissen der letzten Tage wanderten.

Plötzlich erinnerte sich Kommissar Schwerdtfeger an den Anruf von Fanny Hofreiter. Zunächst hatte er sich während des Telefonats nur gewünscht, dass sie etwas verständlicher reden würde. Als er dann endlich begriff, dass sie die Verlobte von Moritz Harlander als vermisst melden wollte, hatte er sich nicht zum ersten Mal gefragt, worauf er sich mit der alten Dame eingelassen hatte. Schließlich konnte Simone auch einfach verreist sein, vielleicht eine Freundin besuchen.

Aber, wenn nicht, wenn ...

Mit einem Mal wurde Kommissar Schwerdtfeger energisch. Er griff zum Telefon und informierte die Kollegen der Vermisstenstelle. Sie sollten aufmerksam sein.

Er holte tief Luft, zog sein Notizbuch hervor und schlug es auf. Dann nahm er einen Stift und schrieb aus dem Gedächtnis die Hauptpunkte seiner Überlegungen auf. Und plötzlich entdeckte er das Muster. Er hätte es schon früher sehen können. Jetzt schien es ihm fast kinderleicht, die einzelnen Stücke in das neue Puzzle einzufügen. Eins nach dem anderen ließ sich problemlos an seinen Platz legen. Langsam entstand das fertige Bild vor seinen Augen.

Immer noch ein wenig skeptisch betrachtete er das Ergebnis. Er unterstrich ein paar Punkte, die ihm besonders wichtig schienen, verglich sie mit dem Bericht von der Spurensicherung, wobei er die eine oder andere Frage einstweilen unbeantwortet ließ.

Dann griff er erneut zum Telefon.

XIV.

Er stand auf der Brücke, die Hände auf das Geländer gestützt und starrte in den träge dahinfließenden Neckar.
Die ersten Regentropfen fielen. Er bemerkte sie nicht.
Wieder stieg die Erinnerung an das Telefonat mit Simone in ihm auf.
Ihre letzten Worte, „es ist aus und vorbei - ein für alle Mal", hatten ihn wie ein Fausthieb niedergestreckt. Zunächst war er wie betäubt gewesen. Sein Verstand widersetzte sich der Einsicht, dass es Simone ernst war mit dem, was sie gesagt hatte. Er war laut geworden und hatte gedroht. Aber Simone blieb dabei. „Es gibt kein Zurück mehr – es ist aus." Die Worte gellten in seinem Ohr. Schließlich hatte er sich sogar soweit erniedrigt und sie inständig angefleht, nicht überstürzt zu handeln, ihnen beiden noch einmal eine Chance zu geben, ihn nicht zu verlassen. Aber es war zu spät. Am Ende hatte sie einfach aufgelegt.
Außer sich vor Wut und Verzweiflung war er daraufhin aus seiner Wohnung gestürmt und zunächst ziellos mit dem Fahrrad durch den Stuttgarter Osten gefahren: Zum Ostendplatz, die Haußmannstraße entlang und dann hinauf zur Uhlandshöhe, zurück in die Werastraße bis zum Stöckach und dann die Neckarstraße stadtauswärts bis zur Villa Berg und zurück nach Ostheim. Stundenlang, ohne Pause.
Als er am Gaskessel vorbeikam, traf ihn die Erinnerung wie ein Blitz. Auf einmal wusste er, wo er hinwollte, nämlich zu jener Stelle, wo er vor Jahren mit Simone gewesen war, hin zu jener Inschrift, die ihn damals tief erschüttert hatte. Er machte kehrt und

fuhr geradewegs über Gaisburg und Untertürkheim nach Uhlbach und von dort aus weiter nach Rotenberg und die Weinberge hinauf bis zur Grabkapelle des württembergischen Königspaares. Hier hatte er einst mit Simone die Inschrift über dem Eingang der Grabkapelle gelesen: „Die Liebe höret nimmer auf".

Ein fürchterlicher Schrei entfuhr seinem Mund. Er stürzte zu Boden und blieb lange so liegen. Einige Zeit später raffte er sich wieder auf und stieg auf sein Fahrrad.

Auf der Gaisburger Brücke endete schließlich seine Irrfahrt.

Wellen von Übelkeit überspülten ihn. Er beugte sich über das Geländer.

Wenn sie mich verlässt, ist alles verloren.

Clemens Bachingers Hände umklammerten das Geländer. Er schnappte nach Luft wie ein Ertrinkender. Das Blut pochte ihm in den Schläfen. Mehrere Minuten stand er bewegungslos da, unfähig sich zu rühren. Wie lange würde er diesen Albtraum noch leben müssen? Was für eine Erleichterung wäre es, dem allem ein Ende zu machen – so oder so.

Mittlerweile goss es in Strömen und die Regentropfen liefen ihm über das Gesicht.

Plötzlich richtete er sich auf.

Keuchend stieß er hervor: „Aber das lasse ich nicht zu."

Als er zurückradelte, hämmerte in seinem Kopf nur noch ein Gedanke:

Ich werde die Sache jetzt zu Ende bringen. So oder so. Denn Simone gehört zu mir.

Sie gehört mir.

XV.

Sie hatten der Tonbandaufzeichnung aufmerksam gelauscht.
Einen Augenblick lang herrschte ungläubiges Schweigen.
„Heiliger Strohsack aber auch", entfuhr es Udo Stempfle, „was für ein Hammer." Seine Stimme senkte sich und er fügte mürrisch hinzu:
„Und ich hätte schwören können, dass Alfred Schmidhuber ….."
Er ließ den Rest des Satzes in der Luft hängen.
„Weiß Gott, es kommt mir vollkommen unglaublich vor, aber vermutlich ist es möglich", bemerkte Cornelia Marquardt.
„Ja, ja", fiel ihr Sebastian Mayer ins Wort, „ich meine, es besteht kein Zweifel daran."
„Den Anschein hat es in der Tat", pflichtete ihm Kommissar Schwerdtfeger bei. Er nickte anerkennend.
„Sehr gute Arbeit, Sebastian."
„Aber warum bist Du erst jetzt auf diesen Telefonmitschnitt gestoßen?" fragte Udo Stempfle, der seine Niederlage noch nicht recht eingestehen wollte, spitz.
„Wenn Moritz Harlander nicht so ein Geheimniskrämer gewesen wäre, der alles zigfach verschlüsselte, wäre mir dieser Mitschnitt bestimmt viel früher aufgefallen."
„Trotzdem, super Arbeit!"
Udo Stempfle nickte anerkennend.
„Es kommt aber noch besser."
Sebastian Mayer strahlte über das ganze Gesicht: „Wir Ihr wisst, haben wir sowohl von Clemens Bachinger als auch von Alfred

Schmidhuber Kleidungsstücke und Schuhe zum Abgleich mit den sichergestellten Spuren mitgenommen. Und Bingo! Die Faser am Geländer in der Johanneskirche passt eindeutig zu dem Pullover, den Clemens Bachinger an diesem Tag getragen hat."

„Und was ist mit den Hautpartikeln unter den Fingernägeln von Moritz Harlander?" fragte Kommissar Schwerdtfeger sichtlich erregt.

„Ebenfalls Bingo! Die stimmen mit der DNA von Clemens Bachinger überein."

„Damit haben wir ihn!"

Die Erleichterung stand Kommissar Schwerdtfeger deutlich ins Gesicht geschrieben.

„Zumindest was den Mord an Moritz Harlander anbelangt.

Ich fasse noch einmal zusammen: Erstens, der positive DNA- und Faserabgleich; zweitens, der Telefonmitschnitt, in welchem Clemens Bachinger eindeutig Drohungen gegen Moritz Harlander ausstößt wegen seiner Teilnahme als Organist bei der Bach-Woche und drittens die rasende Eifersucht, die vielfach bezeugt wurde."

Er machte eine kurze Pause.

Udo Stempfle ergriff die Gelegenheit und sagte rasch:

„Aber in Bezug auf die Ermordung von Friedemann vom Stein sind wir noch keinen Schritt weiter. Weit und breit ist kein Motiv zu sehen, warum Clemens Bachinger ihn hätte umbringen sollen."

Kommissar Schwerdtfeger hatte Udo Stempfle nur mit halbem Ohr zugehört. Er hatte soeben im Stillen beschlossen, seinem Team noch nichts über den Hinweis zu sagen, den Fanny Hofreiter bei einem Telefonat mit Simone herausgehört zu haben glaubte. Er wollte sich seiner Sache erst sicher sein. Er wandte sich an seine Teamassistentin:

„Cornelia, hast Du noch nähere Einzelheiten über den Streit der beiden wegen der Bach-Woche. In dem Mitschnitt ist Clemens Bachinger ja sehr deutlich geworden."

„Ja, das stimmt. Es sieht so aus, als wenn Bachinger wirklich alles versucht hätte, um anstelle von Moritz in der Johanneskirche Orgelspielen zu können. Und er ist dabei vor fast gar nichts zurückgeschreckt, wie mir mehrere Mitglieder des Vereins mitgeteilt haben. Er muss sich wirklich schäbig benommen haben."

„Das kann ich ebenfalls aufgrund meiner Befragungen bestätigen", pflichtete ihr Udo Stempfle bei. „Er war nicht nur rasend eifersüchtig, sondern auch total neidisch auf Moritz."

Kommissar Schwerdtfeger nickte. Ein Gedanke, der sich in seinem Kopf schon geformt hatte, wurde bestärkt. Er glaubte allmählich, die Zusammenhänge zu erkennen.

„Cornelia, hast Du Clemens Bachinger zu einem weiteren Verhör einbestellt?"

„Leider ist mir das noch nicht gelungen. Ich habe ihn telefonisch nicht erreichen können. Dann habe ich zwei Streifenpolizisten zu seiner Wohnung geschickt, aber er ist dort nicht aufgetaucht. Er scheint wie vom Erdboden verschwunden."

Plötzlich machte es in Kommissar Schwerdtfegers Gehirn klick wie bei einer Kamera.

„Lasst Clemens Bachinger sofort zur Fahndung ausschreiben."

XVI.

Fanny Hofreiter lehnte sich seufzend in ihrem Stuhl zurück und starrte ins Leere, während ihre Gedanken immer wieder zu den Ereignissen der vergangenen Tage zurückwanderten.

„Nein, das hätte man nicht erwarten dürfen", murmelte sie leise vor sich hin.

Marlene, die dabei war, frisch gebrühten Kaffee in die leeren Tassen zu gießen, warf ihr einen besorgten Blick zu.

„Was ist los? Geht es Dir nicht gut?"

„Doch, schon. Es ist nur so, dass ich gestern mit Simone telefoniert habe und seither quälen mich zwei, drei Gedanken …"

Fanny Hofreiter brach abrupt ab. Sie ließ den Löffel endlose Kreise in ihrer vollen Kaffeetasse ziehen. Schließlich sagte sie mit einer merkwürdig gedämpften Stimme:

„Ich kann es nicht fassen. Es kommt mir vollkommen unglaublich vor, aber vermutlich ist es doch möglich …"

Sie legte endlich den Löffel beiseite und trank einen Schluck Kaffee.

„Wovon, in aller Welt, redest Du?"

„Es ist so furchtbar! Vielleicht hätte ich früher verstehen müssen, dass es sich so zugetragen hat, aber ich wollte nicht glauben, dass so etwas möglich ist. Ich habe die ganze Nacht kein Auge zugemacht" sagte sie mit leiser Stimme, als spräche sie zu sich selbst.

„Wenn Du mir erzählen würdest, was passiert ist, dann komme ich vielleicht ein bisschen besser mit", gab Marlene leicht ungeduldig zurück.

Fanny Hofreiter sagte nichts. Ihr Blick war an der Zuckerdose hängengeblieben, ihre Hände waren ineinander verkrampft und ihre Nase mit einem Ausdruck von Besorgnis gerümpft.

Nach einem kurzen Schweigen brach es aus ihr heraus. Die Worte sprudelten nur so, als sie Marlene von dem Telefonat erzählte, dass sie mit Simone geführt hatte und in welchem sich die junge Frau besorgt gezeigt hatte über die zunehmende Aufdringlichkeit von Clemens. In diesem Zusammenhang habe ihr Simone auch von einer viele Jahre zurückliegenden Begebenheit berichtet. Sie hatten damals einen Ausflug in den Schönbuch gemacht, wo die Vorfahren von Clemens ein Jagdrevier besaßen. Dort habe es verfallene Hütten und Unterstände gegeben.

Fanny Hofreiter hielt erschöpft inne. Ihre Erregung hatte sich mit jeder Minute gesteigert. Sie holte deshalb tief Luft und fuhr dann fort:

„Jedenfalls war es so, dass sie unterwegs wegen der fortwährenden Eifersucht von Clemens in heftigen Streit geraten waren. Und auf einmal habe Clemens auf eine verfallene Hütte gezeigt und gemeint, wenn ich Dich hier verstecke, würde Dich kein anderer Mann finden …"

„Was??" rief Marlene aus. Ihre Stimme klang vor Überraschung eine Oktave höher. „Und wo genau befindet sich diese Hütte?"

„Ich weiß es nicht", sagte Fanny Hofreiter mit einer Stimme, die kaum mehr als ein Flüstern war. Sie sah Marlene ängstlich an: „Im Stillen habe ich viele Vermutungen über diesen Fall angestellt. Weiß Gott! Ich habe es mir nicht einfach gemacht, die vielen losen Fäden zu verknüpfen. Aber ich lag von Anfang an falsch und es hat eine Zeit lang gedauert, bis ich begriffen habe, dass es sich so nicht hatte abspielen können. Und dann fiel mir wieder eine kleine Szene ein, die ich beobachtet hatte, damals. Und plötzlich gab alles einen

Sinn. Aber das hätte ich nicht gedacht - nein wirklich nicht ..."

Fanny Hofreiter wusste nicht, wie sie den Satz zu Ende bringen sollte.

„Wo ist diese verdammte Hütte?" drängte Marlene. „Konzentriere Dich jetzt bitte nur darauf und denke an nichts anderes. Hat Dir Simone noch irgendeinen Hinweis gegeben, wo sie sein könnte. Der Schönbuch ist groß. Irgendein Dorf, das in der Nähe ist."

Auf Marlenes Wangen erschienen hektische rote Flecken.

„Mein Gott, vielleicht wird Simone dort festgehalten."

„Ich bin mir nicht sicher. Bei dem Telefonat habe ich nicht so sehr auf die Ortsangabe geachtet. Wenn ich es mir aber recht überlege, dann war es in der Nähe von ...., weil ich habe noch nachgefragt, denn ich kenne jemanden, der im Nachbarort wohnt und der ......"

„Ich rufe jetzt sofort Hermann an", fiel ihr Marlene ins Wort.

XVII.

Der Anruf erreichte Kommissar Schwerdtfeger genau in dem Moment, als er mit einem Mitarbeiter der zuständigen Staatsanwaltschaft ein eher unerfreuliches und anstrengendes Gespräch führte.
„Ja, bitte?"
„Hallo, ich bin's, Marlene."
Kommissar Schwerdtfeger stand vom Besprechungstisch auf und entfernte sich ein paar Schritte.
„Jetzt nicht", flüsterte er.
„Ich muss Dich aber unbedingt sprechen."
„Nicht jetzt, ich melde mich später", raunte er ins Telefon und warf dabei dem Kollegen einen entschuldigenden Blick zu.
Doch Marlene insistierte:
„Es geht aber um Deinen Fall und ist überaus wichtig."
Kommissar Schwerdtfeger atmete tief durch und sprach dann mit etwas zu lauter Stimme in sein Telefon:
„Ich verstehe. Wenn es so dringend ist. Einen Moment bitte, ich rufe sofort zurück."
Er schaltete sein Handy aus und wandte sich wieder dem Kollegen zu:
„Sorry, wir müssen unser Gespräch leider abbrechen. Das war ein wichtiger Anruf. Es gibt eine neue Entwicklung in unserem Fall. Ich halte Sie auf dem Laufenden."
Noch bevor der andere etwas erwidern konnte, stürmte der Kommissar aus dem Zimmer. Auf dem Weg in sein Büro konnte er sich ein Lächeln nicht verkneifen. Er hatte schon befürchtet, den

Kollegen nicht mehr loszuwerden.

Er setzte sich an seinen Schreibtisch und überflog schnell noch die eingegangenen E-Mails. Dann rief er Marlene an.

„Das war eben ein sehr ungünstiger Zeitpunkt. Aber ich bin trotzdem froh, denn Dein Anruf hat mich aus einer misslichen Besprechung befreit. Was gibt es denn so Wichtiges?"

„Ich bin bei meiner Mutter. Sie ist vollkommen aufgelöst. Aber was sie mir erzählt hat, könnte für Eure Ermittlungen wirklich entscheidend sein."

Kommissar Schwerdtfeger verdrehte die Augen:

„Das hätte ich mir denken können. Kannst Du mir bitte kurz sagen, worum es geht."

„So viel ich verstanden habe", begann Marlene „geht sie davon aus, dass Clemens Bachinger seine frühere Freundin Simone entführt hat und sie hat sogar eine Ahnung, wohin er sie verschleppt haben könnte."

„Zum Teufel noch mal, wovon redest Du?"

„Gestern Abend kam das Ehepaar Harlander zu meiner Mutter – Anton Merkle war auch da – und berichtete, dass sie Simone nun schon seit mehr als einem Tag nicht mehr erreichen konnten. Und deshalb gehen sie davon aus, dass ..."

„Langsam, Marlene", fiel ihr Kommissar Schwerdtfeger ins Wort. „Langsam. Damit das jetzt ganz klar ist. Ihr geht davon aus, dass Simone von Clemens Bachinger entführt wurde?"

Hektisch suchte Kommissar Schwerdtfeger während er sprach mit seiner freien Hand in dem Stapel mit Ausdrucken nach einem ganz bestimmten Papier, dass er schließlich fand. Er überflog kurz das Schreiben und fuhr dann fort:

„Es ist nämlich so, dass ich gestern nach dem Anruf Deiner Mutter bereits die Vermisstenstelle informiert habe. Heute Früh haben wir den Hinweis erhalten, dass das Ehepaar Harlander gestern eine Vermisstenanzeige aufgegeben hat. Du weißt, das ist eine andere Abteilung, die dafür zuständig ist."

„Aber es ist doch Dein Fall", warf Marlene hektisch ein.

„Schon. Die Kollegen sind noch gar nicht tätig geworden. Denn …"

„Aber Du musst sofort etwas unternehmen. Wer weiß, was Clemens ihr sonst antut. Wenn meine Mutter recht hat, dann hat er auch noch viel schlimmere Dinge getan."

Kommissar Schwerdtfeger trommelte mit den Fingern auf den Tisch:

„Den Anschein hat es in der Tat", antwortete er steif. „Auch wir sind mit unserer Ermittlungsarbeit zu diesem Ergebnis gekommen. Aber das kann ich Dir jetzt nicht im Einzelnen erklären. Gib mir bitte Deine Mutter ans Telefon, damit sie mir sagen kann, wo sie das Versteck vermutet. Ich melde mich wieder bei Dir. Es kann aber spät werden."

Marlene reichte Fanny Hofreiter ihr Smartphone. Und nach ein paar zögerlichen Entschuldigungen sprudelten die Worte nur so aus ihr heraus.

XVIII.

„Wo brennt's denn?" fragte Udo Stempfle als er das Besprechungszimmer betrat.

„Ich weiß es auch nicht", antwortete Cornelia Marquardt, die schon an dem großen Tisch Platz genommen hatte und noch schnell etwas in ihren Laptop schrieb.

„Der Kommissar hüllt sich in Schweigen, aber es ist wohl dringend."

„Das kann man so sagen, wenn selbst Sebastian aus seiner Gruft auftaucht."

Udo Stempfle klopfte dem Kriminaltechniker freundschaftlich auf die Schulter.

Kommissar Schwerdtfeger stürmte in den Besprechungsraum.

„Danke, dass Ihr so schnell gekommen seid", äußerte er atemlos, „aber es gibt eine neue Wende in unserem Fall."

Er legte seine Unterlagen auf den Tisch und blickte in die Runde. „Bedauerlicherweise müssen wir davon ausgehen, dass Clemens Bachinger Simone, die Verlobte von Moritz Harlander, in seine Gewalt gebracht und verschleppt hat."

„Was?"

„Das kann doch nicht wahr sein."

„Woher wissen Sie?" schallte es dem Kommissar erstaunt entgegen.

„Gestern ging die Vermisstenanzeige bei den Kollegen ein, die sie an uns weitergeleitet haben."

„Aber das ist doch noch viel zu früh ...", warf Udo Stempfle ein.

„Ich bin noch nicht fertig mit meinen Ausführungen", schnitt ihm Schwerdtfeger das Wort ab.

„Die Eltern von Moritz haben die Vermisstenanzeige aufgegeben, nachdem sie sich mit einer guten Freundin, die Euch ebenfalls schon bekannt ist", bei diesen Worten schaute der Kommissar seine Mitarbeiter in einer Weise an, die keine Widerrede duldete, „nämlich Fanny Hofreiter, besprochen hatten."

Keiner sagte ein Wort. Es war nur ein leises Raunen zu vernehmen.

„Zufällig kennt Fanny Hofreiter auch die Verlobte von Moritz Harlander. Simone hatte ihr vor ein paar Tagen ihr Herz ausgeschüttet und ihr erzählt, wie eifersüchtig Clemens Bachinger immer war und wie er sie jetzt – nach dem Tod von Moritz – wieder bedrängte."

„Das deckt sich mit den Aussagen, die wir aus seinem Umfeld gehört haben."

„Ja und Clemens Bachinger muss schon in der Zeit, als die beiden – also er und Simone - befreundet waren, sehr eifersüchtig gewesen sein und sie mehrfach bedroht haben mit Äußerungen, dass er wisse, wo er sie hinbringen könne, um sie ganz für sich allein zu haben."

„Das gibt es doch nicht!" empörte sich Cornelia Marquardt. „Was ist das denn für ein schrecklicher Mann!"

„Einer, der meint, eine Frau sei sein Besitz", warf Sebastian Mayer lapidar ein.

Udo Stempfle, der während der Besprechung immer verlegener geworden war, rief mit einem Mal völlig unvermittelt aus:

„Ja, so was geht gar nicht. Eifersucht ist echt Scheiße."

Kommissar Schwerdtfeger warf ihm einen überraschten Blick zu, sagte aber nichts.

„Müssen wir jetzt davon ausgehen, dass Clemens Bachinger vollkommen durchdreht?"

„Davon ist leider auszugehen", bestätigte Kommissar Schwerdtfeger. „Dass er Moritz Harlander umgebracht hat, steht ja mehr oder weniger fest."

„Und das Motiv wäre dann ein Klassiker: Eifersucht?"

„Wer hätte das gedacht."

„Und was machen wir jetzt?" fragte Cornelia Marquardt. „Nehmen wir die Sache mit der Entführung ernst? Immerhin ist Simone noch keine 48 Stunden abgängig."

„Vielleicht ist sie auch einfach verreist, um dem allem zu entfliehen", warf Sebastian Mayer ein.

„Grund genug hätte sie", erwiderte Cornelia Marquardt. „Aber, wenn sie doch entführt worden ist, wo sollen wir denn nach ihr suchen. Clemens Bachinger wird sich bestimmt nicht melden und Lösegeld verlangen. Hat Ihre Bekannte dazu etwas sagen können?"

„Frau Hofreiter ist eine Zeugin", korrigierte Kommissar Schwerdtfeger steif.

„Äh, Entschuldigung, ich wollte nicht … also die Zeugin. Hat sie uns einen weiteren Hinweis geben können?"

Kommissar Schwerdtfeger runzelte die Stirn.

„Das kann man so nicht behaupten." Er wiederholte wortgetreu, was er mit Müh' und Not aus den Ausführungen von Fanny Hofreiter herausgeholt hatte. „Wir müssen also", schloss er, „den Radius etwas weiter fassen: Schönbuch, Bebenhausen … „

„O mein Gott" stöhnte Udo Stempfle.

„Das ist ein ziemlich großes Gebiet", pflichtete Sebastian Mayer ihm bei. Insgeheim war er allerdings bereits dabei, die einzelnen Planquadrate für die Suchtrupps abzustecken.

„Ich weiß. Aber wir haben keine andere Wahl. Udo, Du organisierst mit den Kollegen den Suchtrupp."

„Geht in Ordnung."

„Und Du Cornelia, sprichst noch einmal mit den Eltern von Clemens Bachinger. Vielleicht handelt es sich bei der Lokalität, von der Frau Hofreiter sprach, tatsächlich um eine kleine Hütte, die der Familie gehört. Dann wüssten wir wenigstens, wo wir mit der Suche anfangen können."

„Ich versuche sofort, sie telefonisch zu erreichen", antwortete Cornelia Marquardt.

„Wenn Du sie telefonisch nicht erreichen kannst, dann schicke bitte zwei Streifenpolizisten zu ihrer Wohnung. Sie sollen dort warten bis die Eltern kommen."

„In Ordnung. Und was machen Sie?"

„Ich telefoniere mit dem Staatsanwalt und erstatte Bericht. Wir treffen uns vor dem Präsidium und fahren dann mit zwei Autos los."

Kommissar Schwerdtfeger war schon an der Tür als er sich noch einmal zu seinen Kollegen umdrehte:

„Im Übrigen wußte Fanny Hofreiter noch ein interessantes Detail zu berichten. Im Gespräch mit Simone hatte diese auch erzählt, dass Clemens nach der Ermordung von Friedemann vom Stein zu ihr gekommen sei und ganz zusammenhanglos und für sie unverständlich wiederholt gesagt habe, wenn er mich nicht gesehen hätte, dann wäre nichts passiert."

Seine Kollegen starrten ihm erstaunt nach, als er den Raum verließ.

XIX.

Die Stille schien sich ins Unendlich zu dehnen. Nur ab und zu war der Flügelschlag eines Vogels oder ein Knacken im Unterholz des Waldes zu hören.

Clemens Bachinger saß auf einem Holzstapel vor einer kleinen, halbwegs verfallenen Holzhütte, die am Ende des Forstwegs, der aus dem dichten Mischwald führte, stand. Obwohl es ein warmer, sonniger Tag war, fror er erbärmlich.

Er war unendlich müde und hatte nur noch den einen Wunsch, dass alles endlich vorbei sein würde. Für immer.

Er versuchte die Augen zu schließen. Doch sofort stieg die Erinnerung wieder in ihm hoch.

Er war mit einer Flasche Sekt und den Schlaftabletten, die er seiner Mutter entwendet hatte, zu Simone gegangen. Zunächst wollte sie ihn nicht hereinlassen. Als er ihr jedoch die Sektflasche gezeigt und versichert hatte, dass er sich nur entschuldigen wolle, hatte sie schließlich nachgegeben. Er ging sofort in die Küche und holte zwei Gläser. Der Rest war einfach gewesen. Als sie endlich eingeschlafen war, hatte er sie vorsichtig aus der Wohnung getragen und auf den Beifahrersitz seines Autos gesetzt. Dann war er in den Schönbuch gefahren.

Er zündete sich eine Zigarette an und inhalierte tief. Er fühlte sich völlig erschöpft und ausgebrannt.

Die Leere in ihm schien immer mehr zu wachsen.

Noch einmal schweiften seine Gedanken in die Vergangenheit - zurück zu jenem Tag, als er Simone zum ersten Mal gesehen hatte.

Es war bei einer Tanzveranstaltung gewesen, daran konnte er sich noch genau erinnern. Und Simone hatte ein wunderschönes Kleid an. Er hatte seinen ganzen Mut zusammengenommen und sie um einen Tanz gebeten. Später am Abend, als sie auf der kleinen Terrasse des Tanzlokals standen, um eine Zigarette zu rauchen, war ihm bereits klar gewesen, dass Simone die Frau seines Lebens war, auch wenn es noch eine ganze Zeit dauerte, bis sie endlich ein Paar wurden.

Tränen rollten über Clemens Wangen.

Wie glücklich sie waren. So glücklich, dass er zu hoffen wagte, es würde ewig dauern. Aber es sollte nicht sein. Der verhängnisvolle Tag kam, der sein Glück zerstörte. Er hatte Simone zu einem Orgelkonzert, das sein Freund Moritz gab, mitgenommen und die beiden bei der anschließenden Feier miteinander bekannt gemacht.

Er zitterte am ganzen Körper, als er daran dachte, was dann geschah.

Es hatte nicht lange gedauert, bis ihm klar wurde, dass sich Simone immer mehr von ihm zurückzog. Er stellte sie zur Rede, doch sie wich ihm immer wieder aus. Schließlich begann er, sie zu verfolgen und heimlich zu beobachten. So lange, bis er Gewissheit hatte. Aber da war es schon zu spät. Gleichwohl kämpfte er um Simone, um seine Liebe. Vergeblich.

Er hatte sie bereits in dem Moment verloren als sie Moritz traf.

Clemens Bachinger drückte mit der Schuhspitze seine Zigarettenkippe aus.

Moritz, sein Freund. Warum war er nur so blind gewesen. Aber er hatte einen solchen Verrat nie für möglich gehalten. Er war doch sein Freund gewesen.

Nein, das hatte er nicht dulden können.

Tiefe Verzweiflung senkte sich jäh über ihn.

Die beiden Polizeiautos kamen langsam den Waldweg herangefahren. Im vorderen Wagen saß Udo Stempfle mit zwei uniformierten Polizisten. In dem Fahrzeug dahinter Kommissar Schwerdtfeger und Cornelia Marquardt.

Stempfle und die beiden Uniformierten waren bewaffnet, und sie waren es denn auch, die wie vereinbart als Erste ausstiegen. Nachdem sie die Autotüren leise geschlossen hatten, gingen sie rasch und lautlos auf die Hütte zu. Als Stempfle sich Clemens Bachinger näherte, zogen die Uniformierten ihre Waffe heraus und hielten sie, die Mündung nach oben, in der Hand bereit, um, falls nötig, zu schießen.

Doch Clemens Bachinger regte sich nicht.

Nun kam auch Kommissar Schwerdtfeger hinzu:

„Herr Bachinger" fragte er scharf „wo ist Simone. Haben Sie sie hier versteckt?"

Die Worte des Kommissars drangen nur noch von ferne an sein Ohr.

Ein paar Augenblicke herrschte atemloses Schweigen.

In die Stille hinein ließ sich wieder die Stimme von Kommissar Schwerdtfeger vernehmen:

„Herr Bachinger, wo ist Simone?"

Als wieder keine Reaktion erfolgte, gab er seinen Kollegen ein Zeichen, die Hütte zu stürmen.

Clemens Bachinger sackte plötzlich in sich zusammen.

Mit aschfahlem Gesicht stammelte er:

„Ich habe ihr nichts getan. Ich liebe sie."

XX.

Anton Merkle goss Rotwein in die Gläser und setzte sich dann auf das Sofa neben Fanny Hofreiter. Er wandte sich an Kommissar Schwerdtfeger, der neben Marlene Platz genommen hatte.

„Warum hat der Junge das nur getan?" fragte er leise.

Kommissar Schwerdtfeger trank einen Schluck Rotwein und stellte das Glas wieder ab. Er räusperte sich kurz, bevor er zu reden begann:

„Nun, soweit wir das aus dem Verhör nach der Verhaftung gestern Abend herausbekommen haben, schwelte der Neid auf Moritz und die Eifersucht wegen Simone schon lange in Clemens Bachinger. Das Fass kam zum Überlaufen, als er erfuhr, dass auch dieses Jahr Moritz Harlander ausgewählt wurde, im Rahmen der Bach-Woche das große Orgelkonzert zu spielen."

„Aber das ist ja furchtbar", warf Marlene entsetzt ein. „Dass jemand, nur weil er sich zurückgesetzt fühlt, zum Mörder wird."

„Aber das Gefühl, immer übergangen zu werden, hatte Clemens Bachinger schon lange. Wir haben im Verein einige Szenen erlebt, die wirklich nicht schön waren", erklärte Anton Merkle.

Kommissar Schwerdtfeger nickte.

„Das haben auch unsere Ermittlungen ergeben. Und Herr Kessler, also der Organisator der Bach-Woche, hat uns klipp und klar bestätigt, dass Moritz Harlander der bessere Organist war. Mehr oder weniger wörtlich sagte er: Clemens Bachinger spiele zwar perfekt, aber seinem Spiel fehlt es an Seele."

Fanny Hofreiter schien in einem eigenen Gedanken versunken

zu sein, aus dem sie nur mit Mühe wiederauftauchte. Sie sah Kommissar Schwerdtfeger nachdenklich an und murmelte:

„Ich verstehe. Nicht, dass ich ihn von Anfang an so eingeschätzt hätte. Auf mich hat Clemens immer den Eindruck einer äußerst ichbezogenen Person gemacht. Und das ist nicht gut für einen Musiker."

Sie wandte sich an Anton Merkle.

„Es gab auch im Verein einige, die ihn so eingeschätzt haben: Perfekt, aber ohne Gefühl oder wie Kessler sagt - ohne Seele. Aber, dass er so weit gehen würde, das war nicht zu erwarten."

„Stimmt", pflichtete ihr Anton Merkle mit einem tiefen Seufzer bei.

Dann fiel ihm etwas ein:

„Aber wusste Clemens Bachinger auch etwas über den Notenfund? Mir schien so als ob ..."

„Ja, er wusste davon," bestätigte Kommissar Schwerdtfeger, „aber der Notenfund war für ihn offenbar zweitrangig."

Als er in die erstaunten Gesichter seiner Zuhörer blickte, fügte er erläuternd hinzu: „Oder besser gesagt, die Tatsache, dass Moritz Harlander die Noten gefunden hatte, war für ihn nur Mittel zum Zweck."

„Wie ist das denn zu verstehen?"

„Ganz einfach. Unsere Ermittlungen haben bislang ergeben, dass Clemens Bachinger, der durch eine Indiskretion von Simone von dem Notenfund erfahren hatte, Moritz mit seinem Wissen erpressen wollte."

„Grundgütiger!" rief Fanny Hofreiter schockiert aus.

„Uns stellt sich der Ablauf der Ereignisse mittlerweile so dar: Clemens Bachinger wusste, wann Moritz Harlander in der Johanneskirche Orgelspielen würde ..."

"Woher?"

„Im Aushang der Kirche hängt ein Plan, auf dem man nachlesen kann, wer wann an der Orgel spielt. Er passt Moritz auf der Empore ab und stellt ihn vor die Alternative, entweder auf das Orgelspiel zu seinen Gunsten zu verzichten, andernfalls werde er umgehend alle zuständigen Personen und Stellen darüber informieren, dass er – also Moritz – unrechtmäßig historische Notenblätter, die er in einem Archiv gefunden hat, und die sehr wahrscheinlich von Bach stammen, bei sich versteckt hält."

Einen Augenblick lang sagte keiner ein Wort.

„Aber," fragte Anton Merkle schließlich aufgeregt in das Schweigen hinein, „konnte Clemens überhaupt mit diesem Wissen drohen? Hatte Moritz denn etwas Unrechtes getan, als er die Notenblätter, nachdem er sie gefunden hatte, mitnahm. Damals konnte er doch noch gar nicht sicher sein, dass es sich bei dem Fund um ein autographes Manuskript von Bach handelte."

„Er hat damit die Notenblätter bestimmt vor dem Zerfall gerettet", sprang Fanny Hofreiter ihm bei.

„Und überhaupt", fuhr Anton Merkle fort, „ich meine, Moritz wollte doch zuerst herausfinden, ob die Notenblätter tatsächlich von Bach sind. Danach wollte er entscheiden, was er mit seinem Fund machen soll. Ganz bestimmt war Moritz nicht jemand, der sich einen so wertvollen Fund einfach unter den Nagel gerissen hätte."

Kommissar Schwerdtfeger nickte zustimmend:

„Ich verstehe Ihren Standpunkt. Ich bin nicht vom Fach, aber es ist eine Grauzone. Die Notenblätter waren offensichtlich Archivgut, auch wenn es sich bei dem Archiv um eine alte verstaubte Abstellkammer im hintersten Winkel einer kleinen Kirche auf dem Land handelt. Das heißt die Blätter gehören dem Archiv und er hätte sie nicht mitnehmen dürfen."

„Bei literarischen Funden verhält es sich genauso", pflichtete Marlene dem Kommissar bei.

„Unser Kriminaltechniker hat festgestellt, dass Moritz Harlander ein sehr gewissenhafter, um nicht zu sagen penibler Mensch gewesen sein muss, der wirklich über alles und jeden Vorgang akribisch Buch führte. So sind wir dem Ganzen erst auf die Spur gekommen und haben die entscheidenden Beweise entdeckt. Was unser Techniker aber nicht gefunden hat, ist eine wie auch immer geartete Vereinbarung mit dem Pfarrer der Kirche, in deren Abstellkammer vor der Welt verborgen sich die Noten befunden hatten."

Er hielt kurz inne und fuhr dann fort.

„Also war die Drohung von Clemens Bachinger nicht ganz aus der Luft gegriffen. Auf jeden Fall kam es darüber zu einem erbitterten Streit, bei dem beide handgreiflich geworden sind. Am Ende hat Clemens Bachinger zugestochen und ist dann weggerannt."

„Der arme Moritz," flüsterte Fanny Hofreiter, „und die zweite tragische Figur ist Friedemann vom Stein."

„Ja," antwortete Kommissar Schwerdtfeger. „Er hatte ebenfalls einen erbitterten Streit mit Moritz Harlander. Dabei ging es um sein KI-Projekt, also um Künstliche Intelligenz, das Moritz Harlander strikt abgelehnt hat."

„Ich bin da mit Moritz einer Meinung gewesen", erklärte Anton Merkle.

Er schenkte dem Kommissar und sich noch ein Glas Rotwein ein und fuhr dann hitzig fort:

„Heute wird ja viel davon geredet, wie Künstliche Intelligenz auch in der Musik eingesetzt werden kann. Da kann man zum Beispiel in den Computer nur ein paar Noten eingeben und schon entwickelt das Programm einen Kanon oder eine Fuge, so wie Bach die Musikstücke wohl auch komponiert hätte. Oder es werden unvollendete Werke von berühmten Komponisten mit Hilfe der entsprechenden Computersoftware einfach ergänzt beziehungsweise zu Ende komponiert."

„Das war es ja auch, was Friedemann vom Stein mit den Notenblättern vorhatte – das Werk von Bach zu vollenden", warf Kommissar Schwerdtfeger ein.

„Ja," rief Anton Merkle aus, „aber Moritz hat diese Versuche kategorisch abgelehnt. Für ihn ging damit das Schöpferische der Musik verloren."

Er blickte in die Runde und wiederholte dann ruhig, aber entschieden: „Und für mich auch."

Fanny Hofreiter und Marlene nickten zustimmend.

„Ich bin mir da auch nicht so sicher" ergänzte Marlene. „In der Literatur wird ja ebenfalls mit Künstlicher Intelligenz experimentiert – bislang allerdings nur mit mäßigem Erfolg. Gleiches gilt auch für die Kunst. Bei der Musik scheint es aus meiner Sicht deshalb einfacher zu sein, weil Musik doch auch etwas mit Mathematik zu tun hat."

Sie hielt kurz inne.

Kommissar Schwerdtfeger nutzte die Gelegenheit, um seinen Bericht abzuschließen:

„Jedenfalls kam Friedemann vom Stein an dem verhängnisvollen Tag zu spät zu dem Treffen mit Moritz in der Kirche und fand seinen Freund blutüberströmt am Boden liegen. Das muss ihm einen solchen Schock versetzt haben, dass er offensichtlich nicht mehr in der Lage war, irgendetwas zu tun."

„Aber er muss doch um Gottes Willen mitbekommen haben, dass sein Freund schwer verletzt war. Warum hat er nicht sofort den Notarzt gerufen?" rief Marlene empört aus.

„Wir wissen es nicht. Möglicherweise plagten ihn in dem Moment Gewissensbisse wegen des Streits, den er mit Moritz hatte. Seine Aufzeichnungen lassen auf jeden Fall den Schluss zu, dass sich in seinem Kopf wirklich alles nur um die Noten drehte, die er unbedingt haben wollte. Aber wie weit er am Ende gegangen wäre, um sie in seinen Besitz zu bekommen, darüber können wir nur spekulieren."

„Gott sei Dank ist es dazu nicht mehr gekommen."

„Das wohl nicht", bestätigte Kommissar Schwerdtfeger. „Aber sein Schock führte dazu, dass er uns erst nach mehr als einer halben Stunde über das Verbrechen und den Verletzten informierte. Damit kam für Moritz Harlander jede Hilfe zu spät."

„Wie entsetzlich. Das hatte er bestimmt nicht beabsichtigt."

„Aber warum in aller Welt musste dann Friedemann sterben?" fragte Anton Merkle.

„Weil er einen tödlichen Fehler begangen hat", erwiderte Kommissar Schwerdtfeger. „Wir können die Ereignisse allerdings nur anhand der Aussage von Clemens Bachinger rekonstruieren. Bei Friedemann vom Stein haben wir keine entsprechenden Hinweise gefunden – bis auf die Anrufliste auf seinem Mobiltelefon. Als Friedemann sich von seinem Schock erholt hatte, erinnerte er sich offensichtlich wieder daran, dass er, als er zum Feuersee kam, einen Fahrradfahrer hatte wegfahren sehen. Er hatte diese Beobachtung zunächst völlig verdrängt. Aber dann ist sie ihm wieder eingefallen. Und mehr noch, er wusste auch, wer der Radfahrer war."

„Clemens Bachinger", flüsterte Fanny Hofreiter.

„Genau."

„Hatte Clemens Bachinger ihn auch gesehen?"

„Nach Aussage von Clemens Bachinger nicht. Friedemann vom Stein hat ihn - so seine Aussage - angerufen und sich mit ihm am

Feuersee verabredet. Er wollte, dass er sich der Polizei stellt, ansonsten würde er eine Aussage machen. Das konnte Bachinger nicht zulassen."

„Was für eine Tragödie."

Anton Merkle schüttelte traurig den Kopf.

„Und was wird jetzt aus den Noten?"

„Zunächst sind die Noten Beweismaterial für das Gerichtsverfahren", antwortete Kommissar Schwerdtfeger. „Die Staatsanwaltschaft hat aber bereits mit dem Bach-Archiv Kontakt aufgenommen. Dorthin werden die Notenblätter nach Prozessende gebracht."

„Verstehe."

Unterdessen hatte Fanny Hofreiter aus ihrer Handtasche zwei Eintrittskarten herausgenommen. Sie warf Anton Merkle einen vielsagenden Blick zu und reichte die Tickets dann Marlene und Hermann Schwerdtfeger.

„Wollt Ihr auch zum Orgelkonzert kommen?"

„Aber wird es denn überhaupt stattfinden?", fragte Marlene überrascht.

Fanny Hofreiter nickte.

„Ja. Es wird stattfinden. Die Organisatoren der Bach-Woche haben wohl lange um eine Entscheidung gerungen. Am Ende sind sie dann einstimmig zu der Überzeugung gekommen, dass das Festival trotz der Ermordung von Moritz und der Verhaftung von Clemens einen würdigen Abschluss haben soll."

„Aber, wer um alles in der Welt soll das Orgelkonzert denn spielen?" fragte Hermann Schwerdtfeger erstaunt.

„Sie haben Anton gefragt", wisperte Fanny Hofreiter.

„Was?" rief Marlene verblüfft aus. „Herr Merkle, ich wusste gar nicht, dass Sie Orgel spielen können."

Anton Merkle winkte bescheiden ab.

„Früher einmal, da habe ich viel auf der Orgel gespielt und auch Konzerte gegeben. Aber in letzter Zeit nicht mehr. Aber ich habe mir gedacht, in Erinnerung an Moritz und weil er ... weil ..."

Er brachte den Satz nicht zu Ende.

„Aber das ist ja wunderbar!"

Marlene klatschte vor Freude in die Hände.

„Ja, das ist es", bekräftigte Hermann Schwerdtfeger, „und wir kommen auch ganz bestimmt zu Ihrem Konzert."

Fanny Hofreiter ergriff Anton Merkles Hand. Ein kleines Lächeln stahl sich in ihre Augen.

Anne-Barb Hertkorn
Hölderlins Fluch
Ein Stuttgarter Krimi

Roman, 182 Seiten

€ 10,00 [D]

ISBN 978-3-9813380-5-8

Die Literaturwissenschaftlerin Franziska Bielmayr kehrt von einem Forschungsaufenthalt an der Universität in Bordeaux nach Stuttgart zurück. Kurze Zeit später ist sie tot.

Hat der Mord etwas mit dem späten Werk des Dichters Friedrich Hölderlin zu tun? Kommissar Hermann Schwerdtfeger steht vor einem Rätsel. Dann geschieht ein zweiter Mord.

Kann Fanny Hofreiter, eine schwäbische Miss Marple, dem Kommissar wieder bei seinen Ermittlungen helfen?

   www.buchfeld-verlag.de

Anne-Barb Hertkorn

**Römisches Intermezzo
Ein Stuttgarter Krimi**

Roman, 202 Seiten

€ 10,00 [D]

ISBN 978-3-9813380-2-7

Auf dem Dachboden eines Stuttgarter Kunstsammlers finden die junge Ellen Meier und ihr Cousin Max Riedel eine wertvolle Zeichnung von Moritz Philipp Jacobi, die seit dem 19. Jahrhundert als verschollen gilt.

Kurze Zeit später ist Ellen tot – und Max gerät unter Mordverdacht. Doch dann geschieht ein weiterer Mord.

Kann Fanny Hofreiter, eine schwäbische Miss Marple, Kommissar Hermann Schwerdtfeger bei seinen Ermittlungen helfen?

www.buchfeld-verlag.de